SCHERZ KRIMI

Von Rex Stout sind lieferbar:

Abendmahl mit Nero Wolfe
Das tönende Alibi
Das Beste von Nero Wolfe
Blutige Blaubeeren
Ein knappes Rennen für Nero Wolfe
Der Gutenacht-Krimi mit Nero Wolfe
Nero Wolfe und der unfeine Gentleman
Nero Wolfe in Montenegro
Nero Wolfe: Werben heißt sterben
Die Sünden der Väter
Ein Zeuge verstummt

REX STOUT

Ein Zeuge verstummt

SCHERZ

Einzig berechtigte Übertragung aus dem Amerikanischen
von Astrid Stange
Titel der Originale: »The Gun With Wings«, »Too Many Detectives«
(Früher bei Scherz erschienen unter dem deutschen Titel:
»Heikle Gäste«)
Umschlaggestaltung: Adolf Bachmann
Umschlagbild: Edward Hopper/AKG, Berlin

6. Auflage 1998, ISBN 3-502-51641-3

Gesamtherstellung: Ebner Ulm

Der geflügelte Revolver

1

Die junge Frau entnahm ihrer Handtasche ein Stück rosa Papier, erhob sich aus dem roten Ledersessel, legte das Papier auf Nero Wolfes Schreibtisch und setzte sich wieder. Da ich es als meine Pflicht ansah, mich auf dem laufenden zu halten, und auch um Wolfe die Mühe zu ersparen, sich vorzubeugen und seine Hand auszustrecken, stand ich auf und reichte ihm das Papier, nachdem ich einen Blick darauf geworfen hatte. Es war ein Scheck über fünftausend Dollar, vom selben Tag – dem 14. August – datiert, auf Wolfe ausgestellt und mit »Margaret Mion« unterschrieben.

»Ich dachte«, begann sie, »daß dies vielleicht der beste Weg sei, die Unterhaltung in Gang zu bringen.«

Ich setzte mich hinter meinem Schreibtisch in Positur und vertiefte mich in ihren Anblick. Als sie sich früh an jenem Sonntagnachmittag telefonisch anmeldete, hatte ich die vage Erinnerung an ein Zeitungsbild von ihr aus meinem Gedächtnis gekramt und mir gesagt, daß es kein Honigschlekken sein würde, ihre Bekanntschaft zu machen. Aber jetzt war ich nicht mehr so sicher. Ihre Anziehungskraft beruhte nicht auf dem, was sie hatte, sondern darauf, was sie daraus machte. Damit meine ich keine Tricks. Ihr Mund war, selbst wenn sie lächelte, nicht reizvoll, aber das Lächeln war es. Ihre Augen waren nur ein Paar braune Augen, ganz und gar nichts Aufregendes, aber es war ein Vergnügen, zu beobachten, wie sie von Wolfe zu mir und dann zu dem Mann wanderten, der sie begleitet hatte und links neben ihr saß. Ich vermutete, daß sie noch runde drei Jahre bis zu ihrem dreißigsten Geburtstag vor sich hatte.

»Glaubst du nicht«, fragte der Mann sie, »daß man uns zuerst einmal ein paar Fragen beantworten sollte?«

Seine Stimme klang gepreßt und ein wenig rauh und paßte genau zu seinem Gesicht. Er war besorgt und scherte sich

nicht darum, ob man ihm das ansah. Mit seinen tiefliegenden, grauen Augen und seinem wohlgeformten Kinn mochte er in glücklicheren Tagen als ein führender Kopf gegolten haben, aber nicht, wie er jetzt so dasaß. Irgend etwas nagte an ihm. Als Mrs. Mion ihn als Mr. Frederick Weppler vorgestellt hatte, wußte ich, daß er Musikkritiker der *Gazette* war, aber ich konnte mich nicht mehr erinnern, ob er in dem Zeitungsartikel über das Ereignis, das die Veröffentlichung von Mrs. Mions Bild verursacht hatte, erwähnt worden war.
Sie schüttelte ohne jeden Eigensinn den Kopf. »Das würde nichts helfen, Fred, bestimmt nicht. Wir können ihm nur alles erzählen und sehen, was er dazu sagt.« Sie lächelte Wolfe zu – oder vielleicht war es kein wirkliches Lächeln, sondern nur ihre Art, die Lippen zu bewegen. »Mr. Weppler war nicht ganz sicher, ob wir Sie aufsuchen sollten, und ich mußte ihn dazu überreden. Männer sind vorsichtiger als Frauen, nicht wahr?«
»Ja«, pflichtete Wolfe ihr bei und fügte hinzu: »Gott sei Dank.«
»Vermutlich.« Sie nickte und machte eine Handbewegung. »Ich brachte den Scheck mit, um Ihnen zu zeigen, daß es uns ernst ist. Wir stecken in einer Klemme und möchten, daß Sie uns helfen. Wir wollen heiraten und können es nicht. Das heißt – um nur von mir selbst zu reden –, ich möchte ihn heiraten.« Sie sah Weppler an, und dieses Mal war es unzweifelhaft ein Lächeln. »Möchtest du mich heiraten, Fred?«
»Ja«, murmelte er. Dann reckte er plötzlich sein Kinn vor und starrte Wolfe herausfordernd an. »Sie verstehen, wie peinlich dies alles ist, nicht wahr? Es geht Sie nichts an, aber wir brauchen Ihre Hilfe. Ich bin vierunddreißig Jahre alt, und es ist das erste Mal, daß ich mich . . .« Er hielt inne. Nach einem Augenblick meinte er steif: »Ich liebe Mrs. Mion, und es ist der größte Wunsch meines Lebens, sie zu heiraten.« Seine Augen wanderten zu seiner Liebsten, und er murmelte flehend: »Peggy!«
Wolfe grunzte. »Ich sehe also als bewiesen an, daß Sie beide

heiraten wollen. Warum tun Sie es nicht?«
»Weil wir nicht können«, entgegnete Peggy. »Wir können einfach nicht. Es ist wegen – vielleicht erinnern Sie sich, von dem Tod meines Mannes im April, also vor vier Monaten, gelesen zu haben? Alberto Mion, der Opernsänger?«
»Nur vage. Sie frischen besser mein Gedächtnis auf.«
»Nun, er starb – er beging Selbstmord.« Jede Andeutung eines Lächelns war jetzt verschwunden. »Fred – Mr. Weppler und ich fanden ihn. Es war sieben Uhr, ein Dienstagabend im April, in unserer Apartmentwohnung in der East End Avenue. Gerade an jenem Nachmittag hatten Fred und ich entdeckt, daß wir uns liebten und –«
»Peggy!« unterbrach Weppler sie scharf.
Ihre Augen glitten zu ihm und zurück zu Wolfe. »Ich sollte Sie etwas fragen, Mr. Wolfe. Er meint, es genüge, Ihnen nur so viel zu erzählen, daß Sie das Problem verstehen, aber ich finde, Sie können es nur verstehen, wenn wir Ihnen alles berichten. Was meinen Sie?«
»Ich kann nichts dazu sagen, ehe ich nicht alles gehört habe. Schießen Sie los. Wir werden sehen, ob ich Fragen habe.«
Sie nickte. »Ich kann mir vorstellen, daß Sie Fragen genug haben werden. Sind Sie je verliebt gewesen, wären jedoch lieber gestorben, als es jemanden merken zu lassen?«
»Nie«, erwiderte Wolfe mit Nachdruck. Ich verzog keine Miene.
»Nun, mir ging es so, das gestehe ich. Aber keiner wußte davon, nicht einmal er. Oder wußtest du es, Fred?«
»Nein«, bestätigte Weppler, ebenfalls mit Nachdruck.
»Bis zu jenem Nachmittag«, fuhr Peggy, an Wolfe gewandt, fort. »Er war zum Lunch in unserer Wohnung, und es geschah gleich nach dem Essen. Die andern waren gegangen, und ganz plötzlich sahen wir einander an, und dann sprach er, oder ich, ich weiß nicht mehr, wer.« Sie sah Weppler beschwörend an. »Ich weiß, daß es dir peinlich ist, Fred, aber wenn er nicht versteht, wie es war, wird er nicht begreifen, warum du nach oben gingst, um mit Alberto zu reden.«
»Ist das denn nötig?« fragte Weppler.

»Aber natürlich.« Sie wandte sich wieder an Wolfe. »Ich fürchte, ich kann Ihnen nicht klarmachen, was mit uns geschah. Wir waren vollkommen – nun, wir waren ganz einfach verliebt, und das vermutlich schon eine ganze Weile, und das machte alles noch . . . noch überwältigender. Fred wollte auf der Stelle mit meinem Mann darüber sprechen, um zu entscheiden, was wir tun konnten, und ich stimmte ihm zu. Daraufhin ging er nach oben . . .«

»Nach oben?«

»Ja, es ist eine zweigeschossige Wohnung, und oben lag das schalldichte Studio meines Mannes, in dem er übte. Er ging also . . .«

»Bitte, Peggy«, unterbrach Weppler sie. Er wandte sich an Wolfe. »Sie sollen es aus erster Hand erfahren. Ich ging nach oben, um Mion zu erklären, wie es um uns stand, und um ihn zu bitten, sich damit in zivilisierter Form abzufinden. Eine Scheidung wird heute mehr oder weniger als zivilisierte Form anerkannt, aber er sah die Sache nicht so. Er war alles andere als zivilisiert. Nicht gewalttätig, aber verdammt gemein. Nachdem ich ihm eine Weile zugehört hatte, fürchtete ich, daß ich ihm gegenüber wie Gifford James handeln könnte, und ließ ihn allein. Ich wollte nicht zu Mrs. Mion zurückgehen, solange ich mich in jenem Gemütszustand befand, deshalb verließ ich das Studio durch die Tür zum oberen Treppenflur und nahm dort den Fahrstuhl.«

Er hielt inne.

»Und?« half Wolfe nach.

»Ich reagierte mich mit einem Spaziergang ab. Ich wanderte in den Park hinüber, und nach einer Weile hatte ich mich beruhigt und rief Mrs. Mion an, und sie traf sich mit mir im Park. Ich erklärte ihr Mions Einstellung und bat sie, ihn zu verlassen und mit mir zu kommen. Das wollte sie nicht tun.« Weppler machte eine Pause und fuhr dann fort: »Es gibt da zwei Tatsachen, die Sie wissen müssen, wenn Sie alles verstehen wollen.«

»Falls sie von Bedeutung sind, ja.«

»Sie sind von Bedeutung. Erstens besaß und besitzt Mrs.

Mion eigenes Vermögen. Das war für Mion ein zusätzlicher Anreiz. Aber nicht für mich. Das sage ich Ihnen offen.«

»Danke. Und weiter?«

»Zweitens hatte Mrs. Mion einen Grund, Mion nicht sofort zu verlassen. Ich nehme an, Sie wissen, daß er fünf oder sechs Jahre Heldentenor an der Met gewesen war und daß er seine Stimme verloren hatte – vorübergehend, wie es hieß. Gifford James, der Bariton, hatte ihn mit der Faust an den Hals geschlagen und dabei seinen Kehlkopf verletzt – das war Anfang März –, und Mion konnte die Spielzeit nicht beenden. Er war operiert worden, hatte seine Stimme jedoch nicht wiederbekommen und war verständlicherweise in entsprechender Stimmung. Mrs. Mion wollte ihn unter diesen Umständen nicht verlassen. Ich versuchte, sie dazu zu überreden, doch vergeblich. Ich war an jenem Tag alles andere als normal, wegen der Gefühle, die ich zum erstenmal in meinem Leben empfand, und wegen der Worte, die Mion mir an den Kopf geworfen hatte. Deshalb war ich unbesonnen, ließ sie im Park stehen und ging in die Stadt in eine Bar und begann zu trinken. Es verging einige Zeit, und ich hatte allerhand getrunken, war aber nicht beschwipst. So um sieben Uhr beschloß ich, daß ich sie noch einmal sehen und einfach mitnehmen mußte, damit sie nicht noch eine weitere Nacht dort verbrachte. Diese Stimmung trieb mich zur East End Avenue zurück, bis in den zwölften Stock hoch, und dann stand ich eine Weile, vielleicht zehn Minuten, im Treppenflur, ehe ich meinen Finger auf den Klingelknopf preßte. Das Mädchen ließ mich ein und sagte Mrs. Mion Bescheid. Aber ich hatte den Mut oder was auch immer verloren. Ich schlug lediglich eine gemeinsame Unterredung mit Mion vor. Sie willigte ein, und wir gingen nach oben und . . .«

»Benutzten Sie den Fahrstuhl?«

»Nein. Die Treppe innerhalb der Wohnung. Wir traten in das Studio. Mion lag auf dem Boden. Wir gingen zu ihm. Er hatte ein großes Loch im Kopf. Er war tot. Ich führte Mrs. Mion hinaus, mußte sie dazu zwingen, und auf der Treppe – sie ist zu schmal, um nebeneinander zu gehen – stolperte sie und stürzte die halbe Treppe hinunter. Ich trug sie in ihr Zimmer und legte sie auf ihr Bett. Ich wollte ans Telefon im Wohnzimmer gehen, als mir einfiel, was ich vorher tun mußte. Ich fuhr mit dem Fahrstuhl ins Erdgeschoß, nahm mir den Pförtner und den Fahrstuhlführer gemeinsam vor und fragte sie, wer alles an jenem Nachmittag zu Mions Wohnung, entweder im zwölften oder im dreizehnten Stock, hinaufgefahren war. Ich bat sie, nur ja keinen auszulassen. Sie gaben mir die Namen, die ich mir notierte. Dann kehrte ich zurück in die Wohnung und rief die Polizei an. Als ich das getan hatte, fiel mir ein, daß von einem Laien nicht erwartet wird, den Tod eines Menschen zu erkennen. Ich rief also Dr. Lloyd an, der im selben Gebäude wohnt. Er kam sofort, und ich führte ihn ins Studio. Wir waren höchstens drei oder vier Minuten dort, als der erste Polizeibeamte eintraf, und natürlich –«

»Bitte«, warf Wolfe gereizt ein, »sind das nicht ein paar Einzelheiten zuviel? Sie haben noch nicht einmal die Klemme angedeutet, in der Sie sich befinden.«

»Ich komme gleich darauf zu sprechen.«

»Aber schneller, hoffe ich, mit meiner Hilfe. Mein Gedächtnis ist aufgefrischt. Der Arzt und die Polizei erklärten ihn für tot. Die Mündung des Revolvers war in seinen Mund gestoßen worden, und die Kugel hatte einen Teil des Schädels zerfetzt. Die Waffe, die man auf dem Boden neben ihm fand, gehörte ihm und wurde im Studio aufbewahrt. Es gab keine Anzeichen eines Kampfes, und auch an ihm war keine Spur einer Verletzung zu entdecken. Der Verlust seiner Stimme war ein hervorragendes Selbstmordmotiv. Deshalb wurde der Fall – nach einer Routineuntersuchung, bei der gebührendes Gewicht auf die Schwierigkeit gelegt wurde, einem Mann den Lauf eines geladenen Revolvers in den Mund zu stecken, ohne bei ihm auf Protest zu stoßen – als Selbstmord zu den Akten gelegt. Ist das richtig?«

Beide bejahten es.

»Hat die Polizei den Fall wieder aufgerollt? Oder kursieren irgendwelche Geschichten?«

Das verneinten beide.
»Dann wollen wir weitermachen. Wo liegt also der Hase im Pfeffer?«
»Es geht um uns«, sagte Peggy.
»Was stimmt denn bei Ihnen nicht?«
»Alles.« Sie machte eine verzagte Handbewegung. »Nein, so meine ich das nicht – nicht alles, nur eine Sache ist da. Nach dem Tod meines Mannes und der ... der Routineuntersuchung ging ich eine Zeitlang fort. Als ich wiederkam – während der letzten beiden Monate sind Fred und ich hin und wieder zusammengetroffen – aber es war nicht richtig – ich meine, wir fühlten, daß etwas nicht stimmte. Vorgestern, Freitag, besuchte ich Freunde in Connecticut über das Wochenende, und er war dort. Keiner von uns wußte von dem Kommen des andern. Wir haben uns ausgesprochen, gestern und in der vergangenen Nacht und heute früh, und wir haben beschlossen, zu Ihnen zu kommen und Sie um Ihre Hilfe zu bitten – jedenfalls war das mein Plan, und er wollte mich nicht allein gehen lassen.«
Peggy beugte sich vor und war todernst. »Sie *müssen* uns helfen, Mr. Wolfe! Ich liebe ihn so sehr – so sehr! Und er sagt, daß er mich liebt, und ich weiß es! Gestern nachmittag entschlossen wir uns, im Oktober zu heiraten, und dann fingen wir in der vergangenen Nacht an zu reden – aber es liegt nicht an unseren Worten, es ist das, was aus unseren Augen sieht, wenn wir uns anschauen. Wir können einfach nicht heiraten, mit diesem Blick in unseren Augen, den wir zu verbergen suchen ...«
Ein kleiner Schauder durchfuhr sie. »Jahrelang – für immer? Unmöglich! Wir wissen, daß es unmöglich ist – es wäre fürchterlich! Was es ist? Es ist die Frage: Wer tötete Alberto? War er es? Oder ich? Ich kann nicht wirklich glauben, daß er es tat, und er hält mich wohl auch hoffentlich nicht für eine Mörderin – aber im Hintergrund unserer Augen schlummert dieser Verdacht, und wir können ihn nicht loswerden!« Sie streckte beide Hände aus. »Wir möchten, daß Sie es herausfinden!«

Wolfe schnaubte. »Unsinn. Sie brauchen eine Tracht Prügel oder einen Psychiater. Die Polizei mag so ihre Fehler haben, aber es sind keine Einfaltspinsel. Wenn sie damit zufrieden waren . . .«

»Aber das ist es ja! Sie wären nicht zufrieden gewesen, wenn wir die Wahrheit gesagt hätten!«

»Oh.« Wolfes Brauen hoben sich. »Sie haben gelogen?«

»Ja. Oder, wenn auch nicht gelogen, so haben wir doch nicht die volle Wahrheit gesagt. Wir verschwiegen, daß kein Revolver auf dem Boden lag, als wir das erstemal hinaufgingen und ihn fanden. Es war keine Waffe zu sehen.«

»Tatsächlich? Sind Sie sicher?«

»Vollkommen sicher. Nie habe ich etwas klarer in mich aufgenommen, als diesen – diesen Anblick – des Ganzen. Es lag keine Waffe dort.«

»Sind Sie auch der Ansicht?« fauchte Wolfe Weppler an.

»Ja. Sie hat recht.«

Wolfe seufzte. »Gut«, räumte er ein. »Ich sehe, daß Sie wirklich in einem Schlamassel stecken. Eine Tracht Prügel wäre kein Heilmittel.«

Ich rutschte auf meinem Stuhl hin und her. Da war es wieder, das Prickeln am unteren Ende meines Rückgrates. Nero Wolfes altes Sandsteinhaus in der 35. Straße war ein interessanter Wohn- und Arbeitsplatz – für Fritz Brenner, den Küchenchef und Majordomus, für Theodor Horstmann, der die zehntausend Orchideen in den Gewächshäusern auf dem Dach versorgte, und für mich, Archie Goodwin, dessen Hauptbetätigungsfeld das geräumige Büro im Parterre war. Natürlich hielt ich meine Arbeit für die interessanteste, da ich als Assistent eines berühmten Privatdetektivs ständig eine Fülle der verschiedensten Sorgen und Nöte zu hören bekam – von einem verschwundenen Kollier angefangen, bis zu dem neuesten Erpressungsmanöver. Nur wenige Klienten langweilen mich richtig. Aber einzig und allein bei einer Sorte von Fällen spüre ich jenes Prickeln im Rückgrat: bei Mord. Und wenn diese zwei Turteltäubchen die Wahrheit sagten, dann war es ein Prickeln in Reinkultur.

2

Als sie nach mehr als zwei Stunden unser Büro verließen, hatte ich zwei Notizblöcke gefüllt.

Hätten sie es sich, ehe sie sich bei Wolfe anmeldeten, gründlich überlegt, so hätten sie gar nicht erst den Hörer von der Gabel genommen. Was sie wollten, war – wie Wolfe es ausdrückte – der Mond. Zuerst einmal verlangten sie von ihm, daß er einen vier Monate alten Mordfall untersuchte, ohne verlauten zu lassen, daß dieser Mord überhaupt stattgefunden hatte; zweitens sollte er beweisen, daß keiner von ihnen Alberto Mion getötet hatte, was nur zu bewerkstelligen war, wenn man den richtigen Mörder fand; und drittens, falls Wolfe zu der Schlußfolgerung gelangte, daß es einer von ihnen getan hatte, sollte er den Fall zu den Akten legen und vergessen. Das sagten sie nicht wortwörtlich – schließlich behaupteten sie beide, vollkommen unschuldig zu sein –, aber darauf lief es letzten Endes hinaus.

Wolfe sagte ihnen deutlich seine Meinung. »Wenn ich diese Aufgabe übernehme und Beweise finde, um jemanden des Mordes zu überführen – ganz egal, wen –, so will ich damit restlos nach meinem Belieben verfahren. Ich bin weder eine Göttin der Gerechtigkeit noch ein Sadist, aber ich möchte freie Hand haben. Wenn Sie die Sache jetzt jedoch fallenlassen wollen – hier ist Ihr Scheck, und Mr. Goodwins Notizblöcke werden vernichtet. Wir können und wir werden vergessen, daß Sie hier gewesen sind.«

Dieses war einer der Augenblicke, wo sie um Haaresbreite aufgestanden und gegangen wären, besonders Fred Weppler. Aber sie taten es nicht. Sie sahen sich an, und ihre Blicke sagten alles. Unterdessen war ich so ziemlich überzeugt, daß ich sie beide gern mochte, und stand kurz davor, sie sogar zu bewundern, weil sie so verdammt entschlossen waren, sich aus der Falle, in der sie steckten, zu befreien. Als sie sich so ansahen, schienen ihre Augen zu flehen: »Laß uns gehen und zusammen sein, mein liebster Liebling, vergiß es – komm, komm.« Und zu locken: »Es wäre so wundervoll!«

Und dann: »Ja, o ja, aber – es soll nicht nur für einen Tag, eine Woche wundervoll sein, es soll für immer so sein . . .« Es bedurfte schon einiger Zähigkeit, um dabei zu bleiben, von gesundem Menschenverstand ganz zu schweigen; ich ertappte mich einigemal, wie mir sentimental zumute wurde. Doch auf Wolfes Schreibtisch lag der Fünftausender-Scheck. Die Notizblöcke waren mit dem verschiedensten Krimskrams angefüllt. Sie enthielten tausend Einzelheiten, die sich vielleicht oder vielleicht auch nicht als wesentlich herausstellen konnten. So zum Beispiel die gegenseitige Antipathie zwischen Peggy Mion und Rupert Grove, bei der Gifford James Alberto Mion vor Zeugen verprügelte, oder die Haltung verschiedener Personen Mions Schadenersatzansprüchen gegenüber. Aber nicht alles war verwendbar, und Wolfe selbst benötigte nie mehr als einen Bruchteil davon, also mußte ich aussuchen und wählen. Natürlich war die Waffe Indiz Nr. eins. Sie war neu, von Mion, nachdem Gifford James ihn zusammengeschlagen und seinen Kehlkopf verletzt hatte, am darauffolgenden Tag gekauft – nicht, wie er erklärte, um sich an James zu rächen, sondern als Schutz für die Zukunft. Er hatte sie, wann immer er ausging, in seiner Tasche getragen, und zu Hause verwahrte er sie im Studio, auf dem Sockel einer Caruso-Büste. Soweit man wußte, war aus ihr nie mehr als ein einziger Schuß abgegeben worden, derjenige, der Mion tötete.
Als Dr. Lloyd eingetroffen war und Weppler ihn in das Studio geführt hatte, lag der Revolver auf dem Boden, nicht weit von Mions Knie entfernt. Dr. Lloyd hatte seine Hand danach ausgestreckt, sie jedoch dann zurückgezogen, ohne die Waffe berührt zu haben, und so fanden sie die Hüter des Gesetzes vor. Peggy war sicher, daß sie sich nicht dort befunden hatte, als sie und Fred hereingekommen waren, und Fred bestätigte das. Die Polizei hatte nichts über Fingerabdrücke verlauten lassen, was nicht weiter überrascht, da selten solche von Bedeutung an einer Waffe gefunden werden. Während der ganzen zweieinhalb Stunden kehrte Wolfe bumerangartig auf die Waffe zurück, aber sie konnte schließ-

lich keine Flügel haben.
Das Puzzlespiel des Tagesablaufs mitsamt seinen Hauptdarstellern war lückenlos zusammengetragen. Der Morgen schien unbedeutend; es begann also mit dem Lunch und den fünf Anwesenden: Mion, Peggy, Fred, einer Adele Bosley und Dr. Lloyd. Es war ein mehr berufliches als geselliges Zusammensein. Fred war eingeladen worden, weil Mion ihm die Idee zu einem Artikel für die *Gazette* verkaufen wollte, der verkünden sollte, daß die Gerüchte, er könnte nie wieder singen, nackter Blödsinn seien. Adele Bosley, die die Presseabteilung der Metropolitan-Oper vertrat, sollte auch auf Fred einwirken. Lloyd war eingeladen worden, um Weppler zu versichern, daß die Operation, die er an Mions Kehlkopf vorgenommen hatte, ein Erfolg war, und er darauf wetten könne, daß der große Tenor zur Eröffnung der neuen Opernsaison so gut wie je sein würde. Nichts Besonderes war geschehen, außer daß Fred sich bereit erklärt hatte, den Artikel zu schreiben. Adele Bosley und Lloyd waren aufgebrochen. Mion hatte sich nach oben in sein schalldichtes Studio zurückgezogen, und Fred und Peggy hatten sich angesehen und plötzlich ihren Garten Eden entdeckt.
Ungefähr eine Stunde später hatte eine andere Zusammenkunft stattgefunden, dieses Mal oben im Studio, gegen halb vier, doch hatten weder Fred noch Peggy daran teilgenommen. Inzwischen hatte Fred seinen Beruhigungsspaziergang gemacht und Peggy angerufen, und sie hatte sich mit ihm im Park getroffen. Deshalb wußten sie von der Konferenz im Studio nur vom Hörensagen. Außer Mion und Dr. Lloyd hatten sich vier Personen eingefunden: Adele Bosley für das Pressebüro der Oper; Mr. Rupert Grove, Mions Manager; Mr. Gifford James, der Bariton, der Mion vor sechs Wochen tätlich angegriffen hatte; und Richter Henry Arnold, James' Rechtsanwalt. Dieses Treffen war noch weniger gesellig als der Lunch gewesen, da es anberaumt worden war, um eine formelle Schadenersatzklage über eine Viertelmillion Dollar, die Mion wegen der Verletzung seines Kehlkopfes gegen Gifford James anstrengen wollte, zu besprechen.

Nach allem, was Fred und Peggy gehört hatten, verlief die Konferenz zeitweilig ziemlich hitzig, nachdem gleich zu Beginn die Temperatur in die Höhe geschnellt war, als Mion den Revolver von der Caruso-Büste nahm und ihn neben seinen Ellenbogen auf dem Tisch deponierte. Den Verlauf der Unterredung konnten sie nur skizzenhaft andeuten, da sie nicht dabeigewesen waren. Aber die Waffe war jedenfalls nicht abgeschossen worden. Außerdem gab es genug Beweise dafür, daß Mion lebte und guter Dinge war – abgesehen von seinem Kehlkopf –, als sich die Gesellschaft auflöste. Er hatte nach Beendigung der Konferenz zwei Telefongespräche geführt, eines mit seinem Friseur und das andere mit einer reichen Operngönnerin; sein Manager, Rupert Grove, hatte ihn ein wenig später angerufen; und gegen halb sechs hatte er wegen einer Flasche Wermut und Eis nach dem Dienstmädchen geklingelt, die ihm beides gebracht hatte. Sie hatte das Tablett ins Studio getragen und ihn dort gesund und unverletzt vorgefunden.
Ich gab mir Mühe, alle Namen richtig in meinen Notizblock einzutragen, da unsere Aufgabe wahrscheinlich darin bestand, einen von ihnen als Mörder zu etikettieren. Und besonders sorgfältig war ich mit dem letzten Namen: Clara James, Giffords Tochter. Aus drei Gründen stand sie im Scheinwerferlicht. Erstens hatte James' Angriff gegen Mion auf seiner Kenntnis oder seinem Verdacht beruht – Fred und Peggy waren nicht sicher, worauf –, daß Mion etwas mit seiner Tochter hatte. Zweitens hatte ihr Name den Schluß jener Besucherliste des Nachmittags geziert, die Fred sich von dem Pförtner und dem Fahrstuhlführer hatte geben lassen. Sie erklärten, daß sie gegen Viertel nach sechs gekommen und in der dreizehnten Etage, wo sich das Studio befand, aus dem Fahrstuhl gestiegen war. Ein wenig später, vielleicht nach zehn Minuten, hatte sie den Fahrstuhl zur zwölften Etage gerufen und hatte dann das Gebäude verlassen. Peggy setzte einen weiteren Beleuchtungseffekt auf Clara James. Nach Freds Fortgehen war sie selbst noch eine Zeitlang im Park geblieben und dann nach Hause gegangen, wo

sie gegen fünf Uhr eintraf. Sie hatte das Studio nicht betreten und ihren Mann nicht gesehen. Einige Zeit nach sechs Uhr, gegen halb sieben, glaubte sie, hatte sie selbst auf das Klingeln an der Tür hin geöffnet, da das Mädchen bei der Köchin in der Küche war. Es war Clara James. Sie war bleich und verkrampft, doch das war bei ihr ein Dauerzustand. Sie hatte nach Alberto gefragt, und Peggy hatte erwidert, sie glaube, Alberto sei oben im Studio. Clara meinte, nein, er sei nicht oben, doch das mache nichts. Als Clara den Fahrstuhlknopf drückte, hatte sie, Peggy, die Tür geschlossen, da sie ohnehin kein Verlangen nach Gesellschaft hatte, und schon gar nicht nach der von Clara James.

Ungefähr eine halbe Stunde später tauchte Fred auf, und zusammen waren sie zum Studio hinaufgestiegen, wo sie Alberto zwar antrafen, doch nicht mehr gesund und unverletzt.

Dieses Mosaik ließ Platz genug für eine Nacht voller Fragen, doch konzentrierte sich Wolfe auf die in seinen Augen wesentlichen. Aber auch so kamen wir noch bis in die dritte Stunde und bis zum dritten Notizblock. Einige Lücken, die meiner Meinung nach ausgefüllt werden mußten, übersah er vollkommen. Zum Beispiel: War es Albertos Gewohnheit, sich mit den Töchtern oder Frauen anderer Männer einzulassen? Wenn ja, dann bitte Namen. Aus dem, was Fred und Peggy erzählten, schloß ich, daß Alberto sich sehr wohl für die Frauen anderer Männer interessierte, doch offenbar kümmerte Wolfe das nicht. Schließlich war er nochmals auf die Waffe zurückgekommen, und als sie ihm nichts Neues lieferten, runzelte er die Stirn und wurde bissig. Als sie noch immer nicht mit dem herausrückten, was er hören wollte, fuhr er sie schließlich an: »Wer von Ihnen lügt?«

Sie waren gekränkt. »Das bringt Sie nicht weiter«, erwiderte Fred Weppler verbittert, »und uns auch nicht.«

»Es wäre albern«, protestierte Peggy Mion, »erst hierherzukommen und Ihnen den Scheck zu geben und Sie dann anzulügen. Nicht wahr?«

»Dann sind Sie eben albern«, entgegnete Wolfe kalt. Er wies

mit dem Finger auf sie. »Hören Sie. Alles dies kann entwirrt werden, nichts ist völlig unsinnig, bis auf eines: Wer legte die Waffe neben die Leiche auf den Boden? Als Sie beide ins Studio traten, war sie nicht dort; darauf leisten Sie beide einen Eid, und ich glaube Ihnen. Sie begaben sich nach unten, Sie fielen hin, und er trug Sie in Ihr Zimmer. Sie waren nicht bewußtlos, oder?«

»Nein.« Peggy hielt seinem Blick stand. »Ich hätte gehen können, aber er – er wollte mich tragen.«

»Zweifellos. Das tat er also. Sie blieben in Ihrem Zimmer. Er fuhr ins Erdgeschoß, um eine Liste derjenigen, die als Mordverdächtige in Frage kämen, zusammenzustellen – womit er sich übrigens bewundernswert weitsichtig zeigte –, kehrte nach oben zurück, rief erst die Polizei und dann den Arzt an, der ohne Verzögerung eintraf, da er im selben Gebäude wohnte. Nicht mehr als fünfzehn Minuten lagen zwischen dem Augenblick, als Sie und Mr. Weppler das Studio verließen, und dem Augenblick, als er und der Arzt hereinkamen. Die Studiotür zum Treppenflur in der dreizehnten Etage hat ein automatisches Türschloß, das beim Schließen der Tür einschnappt, und die Tür war verschlossen. Keiner hatte die Möglichkeit gehabt, in jenen fünfzehn Minuten dort einzudringen. Sie sagten, daß Sie aus Ihrem Bett aufgestanden und ins Wohnzimmer gegangen waren, so daß niemand diesen Weg hätte einschlagen können, ohne von Ihnen gesehen zu werden. Das Dienstmädchen und die Köchin waren in der Küche und hatten keine Ahnung von dem, was vorging. Niemand betrat also das Studio und legte die Waffe dort auf den Boden.«

»Jemand muß es gewesen sein«, versetzte Fred störrisch.

»Wir wissen ja nicht, wer einen Schlüssel hatte«, unterstützte Peggy ihn.

»Das sagten Sie bereits.« Wolfe war ihnen jetzt auf den Fersen. »Selbst wenn die ganze Welt einen Schlüssel besaß, ich glaube Ihnen nicht. Kein Mensch würde Ihnen glauben.« Sein Blick richtete sich auf mich. »Oder etwa Sie, Archie?«

»Ich müßte es in einem Film sehen«, schränkte ich meine

Absage ein.
»Da haben Sie es«, sagte er. »Mr. Goodwin ist nicht voreingenommen gegen Sie – im Gegenteil. Er ist bereit, für Sie auf die Barrikaden zu steigen; sehen Sie nur, wie er mit seinen Notizen hinterherhinkt, bloß weil er sich nicht von Ihrem Anblick losreißen kann. Aber er ist wie ich der Meinung, daß Sie lügen. Da kein anderer die Waffe auf den Boden legen konnte, war es einer von Ihnen. Ich muß darüber Bescheid wissen. Die Umstände mögen Sie dazu gezwungen haben, oder Sie haben das zumindest angenommen.«
Er fixierte Fred. »Angenommen, Sie öffneten eine Schublade von Mrs. Mions Kommode, um Riechsalz herauszuholen, und die Waffe lag dort und roch so, als ob sie kürzlich abgefeuert worden wäre – dort von jemandem hingelegt, so hätten Sie auf der Stelle vermutet, um den Verdacht auf Peggy zu lenken. Was würden Sie naturgemäß tun? Genau das, was Sie taten: die Waffe nach oben bringen und neben die Leiche legen, ohne Peggy etwas davon zu sagen. Oder –«
»Quatsch«, unterbrach Fred ihn barsch. »Vollkommener Quatsch.«
Wolfe sah Peggy an. »Oder angenommen, Sie fanden sie dort in Ihrem Schlafzimmer, nachdem Fred nach unten gegangen war. Selbstverständlich hätten Sie –«
»Das ist einfach absurd«, fiel Peggy heftig ein. »Wie konnte sie in mein Schlafzimmer gekommen sein, wenn nicht ich selbst sie dort versteckt hätte? Um halb sechs lebte mein Mann noch, und ich kam vor dieser Zeit nach Hause und blieb im Wohnzimmer und in meinem Zimmer, bis Fred um sieben Uhr eintraf. Falls Sie also nicht annehmen, daß –«
»Ausgezeichnet«, räumte Wolfe ein. »Also nicht im Schlafzimmer. Aber irgendwo anders. Ich kann nicht weitermachen, solange mir nicht einer von Ihnen diese Auskunft gibt. Zum Teufel, die Waffe hatte doch keine Flügel! Von den andern erwarte ich einen Haufen Lügen, zumindest von einem von ihnen, aber von Ihnen beiden wünsche ich die Wahrheit zu hören.«
»Die haben Sie«, erklärte Fred.

»Nein, das stimmt nicht.«
»Dann sind wir in einer Sackgasse.« Fred erhob sich. »Nun, Peggy?«
Sie sahen sich an, und ihre Augen lieferten das gleiche Schauspiel. Als sie bei der Stelle im Drehbuch angekommen waren, wo es hieß: »Immer soll es wundervoll sein, immer!«, setzte Fred sich wieder.
Wolfe jedoch, dessen Rolle im Drehbuch nicht vorgesehen war, trompetete los. »Eine Sackgasse«, erklärte er, »setzt der Sache ein Ende, nehme ich an.«
Offensichtlich lag es nun an mir. Wenn Wolfe sich offen vor einer Entscheidung drückte, kam mein Einsatz. Ich stand auf, nahm den hübschen rosa Scheck von seinem Schreibtisch, legte ihn auf den meinen, verzierte ihn mit einem Briefbeschwerer, setzte mich und grinste ihn an.
»Zugegeben, daß Sie verdammt im Recht sind«, fing ich an, »was absolut unwiderlegbar ist, sollten wir eines Tages doch eine Liste derjenigen Klienten aufstellen, die hier saßen und uns etwas vorlogen. Da waren Mike Walsh und Calida Frost, und jener Kneipenkerl, Pratt – oh, Dutzende. Aber ihr Geld war in Ordnung, und ich bin mit meinen Notizen nicht so sehr im Rückstand, daß ich nicht aufholen könnte. Und das alles für nichts?«
»Was diese Notizen angeht«, erklärte Fred Weppler fest, »so möchte ich etwas klarstellen.«
Wolfe starrte ihn an.
Er starrte zurück. »Wir kamen hierher«, begann er, »um Ihnen vertrauensvoll von einem Problem zu berichten und Sie zu Nachforschungen zu veranlassen. Ich frage mich, ob wir weitermachen sollen, da Sie uns der Lüge bezichtigen, aber wenn Mrs. Mion es wünscht, bin ich einverstanden. Nur eines möchte ich ausdrücklich klarstellen: Falls Sie der Polizei oder sonst jemandem verraten, wir hätten Ihnen anvertraut, daß bei unserem Eintritt in das Studio keine Waffe dort gelegen habe, dann streiten wir das trotz Ihrer verdammten Notizen ab! Wir leugnen und bleiben dabei!« Er blickte auf seine große Liebe. »Das müssen wir, Peggy! Verstanden?«

»Er würde der Polizei nichts verraten«, warf Peggy mit ehrlicher Überzeugung ein.
»Vielleicht nicht. Aber wenn er es tut, so halten wir beide an unserer Version fest. Nicht wahr?«
»Natürlich«, versprach sie, als ob er sie gebeten hätte, bei der Tötung einer Klapperschlange zu helfen.
Wolfe musterte sie mit zusammengepreßten Lippen. Angesichts des Schecks auf meinem Schreibtisch hatte er offenbar beschlossen, sie auf die Liste der lügenden Klienten zu setzen und von dieser Operationsbasis auszugehen. Er riß seine Augen weit auf, um sie zu entspannen, senkte dann wieder halb die Lider und ergriff das Wort.
»Wir werden das zusammen mit anderen Dingen klären, ehe wir das Ganze abgeschlossen haben«, versicherte er. »Sie wissen natürlich, daß ich annehme, Sie sind unschuldig. Allerdings habe ich schon früher tausend falsche Schlußfolgerungen gezogen, das hat also wenig zu sagen. Hat einer von Ihnen eine Ahnung, wer Mr. Mion tötete?«
Beide verneinten.
»Aber ich«, grunzte er.
Sie starrten ihn sprachlos an.
Er nickte. »Es ist nur eine weitere Schlußfolgerung, aber sie gefällt mir. Es bedarf allerhand Arbeit, um sie zu beweisen. Zunächst muß ich mit den Leuten sprechen, die Sie erwähnt haben – mit allen sechs – und ich würde vorziehen, das nicht auf die lange Bank zu schieben. Da Sie nicht wünschen, daß sie von meiner Untersuchung eines Mordfalles erfahren, müssen wir eine Kriegslist entwerfen. Hinterließ Ihr Gatte ein Testament, Mrs. Mion?«
Sie nickte.
»Sind Sie die Erbin?«
»Ja, ich . . .« Sie machte eine Handbewegung. »Ich brauche das Geld nicht, und ich will es nicht.«
»Aber es gehört Ihnen. Das macht sich famos. Der Schadenersatz, den Mr. James wegen seines tätlichen Angriffs an Mr. Mion zahlen sollte, stellt einen Aktivposten des Vermögens dar. Die sechs Personen, die ich sprechen möchte, wa-

ren alle auf diese oder jene Weise in die Angelegenheit verwickelt. Ich werde ihnen umgehend schreiben und die Briefe noch heute abend per Eilboten abschicken. Ich werde ihnen mitteilen, daß ich Sie in der Sache vertrete, und sie bitten, mich morgen abend in meinem Büro aufzusuchen.«

»Das ist unmöglich«, schrie Peggy empört auf. »Das kann ich nicht! Mir fiele nicht im Traum ein, von Gif Schadenersatz zu fordern . . .«

Wolfe schlug mit der Faust auf den Schreibtisch. »Verwünscht«, donnerte er. »Hinaus mit Ihnen! Fort! Glauben Sie, man löst Mordfälle, indem man Anziehpuppen ausschneidet? Erst belügen Sie mich, und jetzt weigern Sie sich, andere Leute zu verärgern, einschließlich des Mörders! Archie, schaffen Sie sie raus!«

»Ein Plus für Sie«, murmelte ich ihm zu. Mir reichte es langsam auch. Ich stierte die Möchtegern-Klienten an. »Versuchen Sie's bei der Heilsarmee«, riet ich ihnen. »Die haben Übung darin, Leuten in Not zu helfen. Sie können die Notizblöcke mitnehmen – zum Preis von 1 Dollar und 20 Cent. Der Inhalt wird nicht berechnet.«

Sie sahen sich an.

»Ich denke, irgendwie muß er schon mit ihnen reden«, räumte Fred ein. »Er braucht einen Vorwand, und ich muß zugeben, daß die Frage des Schadenersatzes sehr geschickt ausgewählt ist. Du schuldest ihnen nichts – keinem von ihnen.«

Peggy gab nach.

Nachdem noch einige Einzelheiten geklärt waren, deren wichtigste die Niederschrift der Adressen war, verließen sie uns. Die Art ihrer Verabschiedung und wie wir sie hinausdrängten, war so weit von jeder Herzlichkeit entfernt, daß man in ihnen eher unsere Beute als unsere Klienten vermuten konnte. Aber der Scheck lag auf meinem Schreibtisch. Nachdem ich sie hinausgelassen hatte, kehrte ich ins Büro zurück und fand Wolfe mit geschlossenen Augen und mit griesgrämig gerunzelter Stirn vor.

Ich streckte mich und gähnte. »Das wird noch ein netter

Spaß«, sagte ich, um ihm Mut zu machen. »Es einfach als Griff nach dem Schadenersatz hinzustellen. Sollte der Mörder unter den Gästen sein, werden Sie schon sehen, wie lange Sie es vor ihm verbergen können. Ich wette, er begreift, worum es geht, ehe die Geschworenen ihren Spruch fällen.«
»Mund halten«, knurrte er. »Dummköpfe.«
»Ach, haben Sie ein Herz«, protestierte ich. »Von Verliebten erwartet man keinen Verstand; deshalb müssen sie sich an trainierte Denker wenden. Sie sollten stolz und glücklich sein, daß die Wahl der beiden auf Sie fiel. Was bedeuten schon ein oder zwei Riesenlügen, wenn man verliebt ist? Als ich sah –«
»Mund halten«, wiederholte er. Seine Augen öffneten sich. »Ihren Notizblock, bitte. Ich muß diese Briefe sofort schreiben.«

3

Die Montagabend-Gesellschaft dauerte ganze drei Stunden, und das Wort Mord fiel kein einzigesmal. Auch so war es nicht gerade heiter. Die Briefe hatten keinen Zweifel darüber gelassen, daß Wolfe, als Stellvertreter für Mrs. Mion, ermitteln wollte, ob eine angemessene Summe von Gifford James einkassiert werden konnte, ohne Zuflucht zu Rechtsanwälten und Gericht nehmen zu müssen, und welche Summe als angemessen betrachtet werden konnte. Jeder von ihnen war naturgemäß schlechter Laune: Gifford James selbst; seine Tochter Clara; sein Anwalt, Richter Henry Arnold; Adele Bosley von der Presseabteilung; Dr. Nicholas Lloyd als der wissenschaftliche Experte; und Rupert Grove, Mions ehemaliger Manager. Das machte sechs Personen, die gerade bequem in unser großes Büro hineinpaßten. Fred und Peggy waren nicht eingeladen worden.
Das James-Trio traf gemeinsam ein, und sie waren so pünktlich – auf den Schlag neun Uhr –, daß Wolfe und ich noch

nicht mit unserem Abendkaffee im Büro fertig waren. Ich war so neugierig auf die Leute, daß ich selbst öffnen ging, anstatt das Fritz zu überlassen, der Wolfe fast so sehr wie ich dabei behilflich ist, sein Leben zu versüßen. Zunächst einmal beeindruckte mich, wie der Bariton die Führung übernahm, über die Türschwelle trat und seine Tochter und den Rechtsanwalt hinter sich im Schlepptau ließ. Da ich gelegentlich Lily Rowan gestattete, mich an ihren zwei Plätzen in der Oper teilhaben zu lassen, waren mir James' Länge, seine breiten Schultern und sein gockelhaftes Stolzieren nichts Neues; doch war ich überrascht, daß er so jung aussah, da er fast fünfzig sein mußte. Er reichte mir seinen Hut, so als ob das Entgegennehmen seines Hutes an jenem Montagabend, dem 15. August, der einzige und alleinige Zweck meines Daseins wäre. Unglücklicherweise ließ ich ihn fallen. Clara machte das durch ihren Blick wieder wett. Schon das bewies mir, daß sie außergewöhnlich aufmerksam war, da man den Lakai, der einem die Tür öffnet, selten eines Blikkes würdigt. Aber sie sah, wie ich den Hut ihres Vaters fallen ließ, blickte mich an und dehnte ihren Blick so lange aus, bis er fast zu sagen schien: »Wer sind Sie, in dieser Verkleidung? Bis später.« Das erweckte freundschaftliche Gefühle in mir, allerdings mit Einschränkungen. Sie war nicht nur blaß und verkrampft, wie Peggy Mion sie beschrieben hatte, sondern ihre blauen Augen funkelten, und ein Mädchen ihres Alters sollte ihre Blicke besser dosieren. Nichtsdestoweniger grinste ich ihr zu, um ihr zu zeigen, daß ich ihren langen Blick zu schätzen wußte.
Inzwischen hatte der Anwalt, Richter Henry Arnold, seinen Hut selbst abgelegt. Im Lauf des Tages hatte ich selbstverständlich über alle Auskünfte eingeholt und hatte erfahren, daß er sich nur »Richter« schimpfte, weil er früher einmal Friedensrichter gewesen war. Sei dem, wie ihm wolle – er wurde so genannt, und sein Anblick war eine einzige Enttäuschung. Er war ein kleiner abgesägter Wicht mit einem Glatzkopf, der oben so flach war, daß man einen Aschenbecher daraufstellen konnte. Die Nase war total platt. Innerlich

mußte sein Kopf besser ausgestattet sein als außen, da er eine ziemliche Anzahl Klienten unter den oberen Zehntausend am Broadway hatte.
Als ich sie ins Büro geführt und Wolfe vorgestellt hatte, übernahm ich es, ihnen einige der gelben Stühle zuzuteilen, doch der Bariton erspähte sofort den roten Ledersessel und belegte ihn mit Beschlag. Ich war dabei, Fritz bei ihren Getränkewünschen behilflich zu sein, als die Türglocke läutete. Ich ging wieder nach vorn.
Es war Dr. Nicholas Lloyd. Er hatte keinen Hut, so daß schon mal ein Problem wegfiel. Ich entschied, daß der prüfende Blick, den er mir zuwarf, rein beruflich war, lediglich um festzustellen, ob ich anämisch oder diabetisch oder sonst was wäre. Mit seinem gefurchten, gutgeschnittenen Gesicht und seinen besorgten dunklen Augen sah er genau so aus, wie man sich eben einen Arzt oder Chirurgen vorstellt, und wurde vollkommen dem piekfeinen Ruf gerecht, den meine Ermittlungen ans Licht befördert hatten. Als ich ihn in das Büro bat, leuchteten seine Augen beim Anblick des Erfrischungsbüfetts auf, und er wurde unser bester Kunde – Bourbon mit Pfefferminz –, den ganzen Abend lang.
Die letzten beiden kamen zusammen – zumindest standen sie zusammen auf dem Vorplatz, als ich die Haustür öffnete. Wahrscheinlich hätte ich Adele Bosley den roten Ledersessel offeriert, wenn ihn nicht schon James eingenommen hätte. Sie schüttelte mir die Hand und sagte, daß sie schon seit Jahren die Bekanntschaft von Archie Goodwin zu machen wünschte, doch das war nur Gesäusel der Presseabteilung und ging mir zum anderen Ohr wieder hinaus. Die Sache ist die, daß ich von meinem Schreibtisch aus die Gesellschaft meist nur im Profil oder Dreiviertelprofil genieße, aber denjenigen im roten Ledersessel direkt von vorne, und ich habe etwas für einen Prachtanblick übrig. Nicht, daß Adele Bosley ein Pin-up-Girl war, und bei Clara James' Geburt mußte sie schon in der fünften oder sechsten Grundschulklasse gewesen sein, aber ihre zarte gebräunte Haut, ihr hübscher Mund mit nicht zuviel Lippenstift und ihre frischen braunen Au-

gen boten einen erquicklichen Anblick.
Rupert Grove gab mir nicht die Hand, was mich nicht weiter erschütterte. Für Alberto Mions Geschäfte mochte er ein guter Manager gewesen sein, aber nicht für seine eigene Gestalt. Ein Mann kann fett und trotzdem voll Rechtschaffenheit sein, wie zum Beispiel Falstaff oder Nero Wolfe, aber dieser Vogel hatte jeden Sinn für gesundes Maß verloren. Seine Beine waren kurz, und alles steckte in seinem mittleren Drittel. Wenn man höflich sein und ihm ins Gesicht sehen wollte, mußte man sich mächtig konzentrieren. Das tat ich, da ich sie alle beurteilen mußte, und entdeckte nichts weiter von Belang, außer einem Paar gerissener und hinterhältiger schwarzer Augen.
Als diese beiden mit Sitzgelegenheiten und Getränken versorgt waren, schoß Wolfe die Startpistole ab. Er sprach sein Bedauern über die Notwendigkeit aus, sie an einem heißen Abend hierherbemüht zu haben, doch könne die strittige Frage nur gerecht und unparteiisch geklärt werden, wenn alle Betroffenen dabei ihre Stimme abgeben konnten. Das Antwortgemurmel erstreckte sich von Zustimmung bis zu äußerster Verärgerung. Richter Arnold sagte feindselig, daß es im juristischen Sinne keine Streitfrage gäbe, da Alberto Mion tot sei.
»Unsinn«, erwiderte Wolfe kurz. »Wenn das wahr wäre, hätten Sie als Anwalt sich nicht die Mühe gemacht, hier zu erscheinen. Außerdem hat diese Zusammenkunft den Zweck, es nicht zu einer juristischen Streitfrage werden zu lassen. Vier von Ihnen telefonierten heute mit Mrs. Mion, um sich zu erkundigen, ob ich sie vertrete, was sie bejahte. In ihrem Namen möchte ich den Tatbestand zusammentragen. Ich kann Ihnen ebensogut bereits sagen, ohne ihr vorgreifen zu wollen, daß sie meinen Rat annehmen wird. Sollte ich entscheiden, daß ihr eine größere Summe zusteht, so können Sie das natürlich anfechten; sollte ich aber zu der Ansicht kommen, daß sie keine Ansprüche hat, so wird sie sich dem fügen. Mit dieser Verantwortung benötige ich den gesamten Tatbestand. Deshalb –«

»Sie sind kein Gerichtshof«, fauchte Arnold.

»Nein, Sir, das bin ich nicht. Wenn Sie es lieber vor einem Gerichtshof hätten, kann Ihr Wunsch erfüllt werden.« Wolfe änderte seine Blickrichtung. »Miss Bosley, würden Ihre Auftraggeber diese Art von Publicity begrüßen? Dr. Lloyd, möchten Sie lieber als Sachverständiger im Zeugenstand aussagen oder es hier besprechen? Mr. Grove, wie würde Ihr Klient, wenn er noch lebte, darüber denken? Mr. James, was halten Sie davon? Sie würden auch keinen Geschmack an dieser Publicity finden, oder? Besonders, da der Name Ihrer Tochter hineingezerrt würde.«

»Warum sollte ihr Name hineingezerrt werden?« fragte James in seinem geübten Bariton.

Wolfe breitete die Hände aus. »Als Beweismittel. Es würde festgestellt werden, daß Sie, ehe Sie Mr. Mion niederschlugen, zu ihm sagten: ›Lassen Sie meine Tochter in Ruhe, Sie Bastard.‹«

Ich steckte die Hand in die Tasche. Ich habe die durch die Erfahrung gerechtfertigte Angewohnheit, immer eine Waffe griffbereit zu haben, falls sich ein Mörder unter den Anwesenden befinden sollte. Da ich das hintere Fach der dritten Schublade meines Schreibtischs, wo sich unser Waffenarsenal befindet, nicht als griffnah genug betrachte, packe ich üblicherweise so ein Ding in meine Hosentasche, ehe sich Gäste versammeln. Ich versenkte also meine Hand in diese Tasche, denn ich wußte, wie schnell James aufbrauste. Aber er blieb auf seinem Stuhl sitzen und stieß nur hervor: »Das ist eine Lüge!«

Wolfe brummte. »Zehn Leute haben Sie gehört. Das wäre in der Tat eine schöne Publicity, wenn Sie es unter Eid bestritten – und alle zehn Zeugen gegen Sie. Ich glaube aufrichtig, es ist besser, den Fall mit mir zu besprechen.«

»Was wollen Sie wissen?« erkundigte sich Richter Arnold.

»Den Tatbestand. Zuerst den soeben erörterten. Wenn ich etwas Falsches sage, rühren Sie sich. Mr. Grove, Sie waren dabei, als der besagte Schlag fiel. Habe ich Mr. James richtig zitiert?«

»Ja.« Groves Stimme war ein hoher Tenor, der mir gefiel.
»Sie hörten, wie er das sagte?«
»Ja.«
»Miss Bosley. Und Sie?«
Sie blickte unbehaglich drein. »Wäre es nicht besser, wenn . . .«
»Bitte, Sie stehen nicht unter Eid. Ich trage nur Tatsachen zusammen, aber es wurde behauptet, ich lüge. Hörten Sie Mr. James das sagen?«
»Ja.« Adeles Augen gingen zu James. »Tut mir leid, Gif.«
»Aber es ist nicht wahr!« schrie Clara James.
»Lügen wir etwa alle?« wetterte Wolfe.
Ich hätte sie vor ihm warnen können, als sie mich mit ihrem langen Blick im Flur bedachte. Sie war nicht nur ein gescheites junges Mädchen, das dazu noch ihre Umwelt mit vielversprechenden Blicken bedachte, nein, auch ihre schlanke Linie war von der Art, die von zuwenig Essen herstammte, und Wolfe kann Leute, die nicht genug essen, absolut nicht ausstehen. Ich wußte genau, daß er es von Anfang an auf sie abgesehen hatte.
Aber sie gab es ihm. »Das meine ich nicht«, entgegnete sie verächtlich. »Seien Sie nicht so empfindlich! Ich meinte, daß ich meinen Vater angelogen hatte. Es war nicht wahr, was er von Alberto und mir dachte. Ich habe nur vor ihm geprahlt, weil – nun, das spielt keine Rolle. Jedenfalls war es nicht die Wahrheit, was ich ihm erzählte, und das habe ich ihm auch an jenem Abend gesagt.«
»An welchem Abend?«
»Als wir nach Hause kamen – von der Bühnenparty nach *Rigoletto.* Da hatte mein Vater Alberto niedergeschlagen. Verstehen Sie, mitten auf der Bühne. Als wir zu Hause waren, erzählte ich ihm, daß es nicht stimmte, was ich ihm über Alberto und mich erzählt hatte.«
»Wann logen Sie nun, das erste- oder das zweitemal?«
»Antworten Sie nicht darauf, meine Liebe«, mischte sich Richter Arnold mit seiner Juristerei ein. Er blickte Wolfe streng an. »Das ist unerheblich. Es steht Ihnen frei, Tatsa-

chen zu sammeln, aber nur solche von Belang. Was Miss James ihrem Vater erzählte, ist bedeutungslos.«
Wolfe schüttelte den Kopf. »O nein.« Seine Augen schwenkten von rechts nach links und zurück. »Offensichtlich habe ich mich nicht deutlich genug ausgedrückt. Mrs. Mion erwartet von mir eine Entscheidung, ob sie einen rechtmäßigen Anspruch hat – nicht so sehr juristisch wie moralisch gesehen. Wenn es den Anschein hat, daß Mr. James' Angriff auf Mr. Mion moralisch gerechtfertigt war, so würde das meine Entscheidung beeinflussen.« Er fixierte Clara. »Gleichgültig, ob meine Frage wesentlich oder unwesentlich war, Miss James, ich gebe zu, daß sie peinlich war und deshalb eine Lüge herausforderte. Ich ziehe sie zurück. Versuchen Sie es statt dessen mit dieser. Hatten Sie vor dieser Bühnenparty Ihrem Vater zu verstehen gegeben, daß Mr. Mion Sie verführt hatte?«
»Nun . . .« Clara lachte. Es war ein recht anziehendes, klingendes Sopranlachen. »Was für ein reizender altmodischer Ausdruck! Ja, das hatte ich gesagt. Aber es war nicht so!«
»Sie haben es jedoch geglaubt, Mr. James?«
Gifford James beherrschte sich nur mit Mühe, und ich gestehe, daß derartige Suggestivfragen eines Fremden über die Ehre seiner Tochter bitter zu schlucken sein mußten. Aber schließlich war es für den Rest der Gesellschaft nichts Neues und immerhin sicher von Bedeutung. Er zwang sich zu einem ruhigen, würdevollen Ton. »Ja, ich glaubte, was mir meine Tochter erzählte.«
Wolfe nickte. »Genug davon«, meinte er erleichtert. »Ich bin froh, daß wir diesen Teil erledigt haben.« Sein Blick wanderte weiter. »Nun, Mr. Grove, erzählen Sie mir von der Besprechung in Mr. Mions Studio, einige Stunden vor seinem Tod.«
Rupert der Dicke hielt seinen Kopf zur Seite geneigt, und seine gerissenen schwarzen Augen begegneten Wolfes Blick. »Es ging darum«, begann er in seinem hohen Tenor, »Mions Forderungen auf Schadenersatzzahlung zu erörtern.«

»Sie waren dabei?«
»Ja, natürlich. Ich war Mions Ratgeber und Manager. Miss Bosley, Dr. Lloyd, Mr. James und Richter Arnold waren ebenfalls anwesend.«
»Wer arrangierte die Zusammenkunft? Sie?«
»In gewisser Weise, ja. Arnold machte den Vorschlag, und ich sagte es Mion und rief Dr. Lloyd und Miss Bosley an.«
»Was wurde beschlossen?«
»Nichts. Das heißt, nichts Bestimmtes. Die Frage über das Ausmaß des Schadens wurde aufgeworfen – wie bald Mion wieder singen könnte.«
»Wie standen Sie dazu?«
Grove kniff die Augen zusammen. »Sagte ich nicht, daß ich Mions Manager war?«
»Aber gewiß. Ich meine, was für einen Standpunkt nahmen Sie im Hinblick auf die Schadenersatzzahlung ein?«
»Ich hielt eine sofortige Vorauszahlung von fünfzigtausend Dollar für recht und billig. Selbst wenn Mions Stimme bald wieder in Ordnung gewesen wäre, hatte er bereits so viel und mehr verloren. Seine Tournee nach Südamerika war abgesagt worden, und er war nicht fähig gewesen, seinen Schallplattenkontrakten nachzukommen, und die Rundfunkangebote . . .«
»Nichts, was sich nach fünfzigtausend Dollar anhört«, versicherte Richter Arnold kriegerisch. Seinem Kehlkopf, klein wie er war, fehlte nichts. »Ich habe Berechnungen vorgelegt –«
»Zum Teufel mit Ihren Berechnungen. Jeder Mensch kann –«
»Bitte!« Wolfe klopfte mit dem Fingerknöchel auf den Schreibtisch. »Wie stellte sich Mr. Mion dazu?«
»Natürlich war er meiner Ansicht.« Grove bedachte Arnold mit einem finsteren Blick, während er zu Wolfe sprach. »Wir hatten es gemeinsam besprochen.«
»Natürlich.« Wolfes Augen schweiften nach links. »Was hielten Sie davon, Mr. James?«
»Ich möchte lieber für meinen Klienten antworten«, fiel Ar-

nold ein. »Sind Sie einverstanden, Gif?«
»Nur zu«, murmelte der Bariton.
Arnold legte los und nahm damit fast eine der drei Stunden in Anspruch. Ich war überrascht, daß Wolfe ihm nicht Einhalt gebot, und folgerte schließlich, daß er ihn nur so weitschweifig werden ließ, um zusätzliche Unterlagen für sein althergebrachtes Urteil über Rechtsanwälte zu sammeln. Wenn ja, so erhielt er sie jedenfalls. Arnold berichtete über alles und jedes. Er hatte eine Menge über Körperverletzungen zu sagen, ging dabei Jahrhunderte zurück und legte besondere Betonung auf den Geisteszustand eines solchen Übeltäters. Die unmittelbare Ursache war sein weiteres Stekkenpferd, über das er sich langwierig ausließ. Er kam bei dem Thema »unmittelbare Ursache« wirklich in Fahrt, aber das Ganze war so verzwickt, daß ich den Faden verlor und aufgab.
Aber gelegentlich gab er doch etwas Vernünftiges von sich. An einer Stelle bemerkte er: »Die Idee einer Vorauszahlung, wie Mr. Grove es nannte, war einwandfrei unzulässig. Es kann von einem Mann nicht verlangt werden, daß er, selbst auf eine anerkannte Verbindlichkeit, eine Vorauszahlung leistet, bevor nicht entweder über die Höhe der Verbindlichkeit oder über eine exakte Methode, diese zu berechnen, übereinstimmend beschlossen wurde.«
An anderer Stelle erklärte er: »Die Forderung einer derartig hohen Summe kann in der Tat als Erpressung bezeichnet werden. Mr. Grove wußte, daß die Geschworenen – käme der Fall vor Gericht, und wir bewiesen, daß die Tat meines Klienten seinem Wissen über das seiner Tochter zugefügte Unrecht entsprang – wohl kaum einen Schadenersatzanspruch zuerkennen würden. Aber er wußte ebenfalls, daß wir einer solchen Verteidigung abgeneigt sein würden.«
»Nicht seinem Wissen«, wandte Wolfe ein, »nur seinem Glauben. Seine Tochter behauptet, ihn falsch unterrichtet zu haben.«
»Wir hätten ›Wissen‹ beweisen können«, beharrte Arnold.
Ich betrachtete Clara mit hochgezogenen Brauen. Man wi-

dersprach ihr rundheraus auf ihre Folge von Lüge und Wahrheit. Aber entweder begriffen sie und ihr Vater die daraus zu schließenden Folgerungen nicht, oder sie wollten nicht noch einmal davon anfangen.
Etwas später führte Arnold aus: »Selbst wenn die Tat meines Klienten körperverletzend war und ein Schadenersatzanspruch bestand, so konnte über dessen Höhe nicht entschieden werden, ehe das Ausmaß der Verletzung bekannt war. Wir boten ohne Vorbehalt zwanzigtausend Dollar als generelle Abfindung. Mr. Grove lehnte ab. Er wollte eine sofortige Abschlagszahlung. Das lehnten wir ab, aus Prinzip. Zum Schluß hatte man sich über eines geeinigt: daß ein Versuch gemacht werden mußte, den Gesamtschaden festzulegen. Das war natürlich der Grund für Dr. Lloyds Anwesenheit. Er wurde um seine Prognose gebeten, und er versicherte, daß – aber Sie brauchen das nicht aus zweiter Hand. Er ist hier, und Sie können es von ihm persönlich hören.«
Wolfe nickte. »Wenn ich bitten darf, Dr. Lloyd?«
Ich dachte, o Gott, jetzt geht es mit dem nächsten Experten von vorne los. Aber Lloyd hatte Erbarmen mit uns. Er hielt sich auf Laienniveau und brauchte nicht einmal eine Stunde. Ehe er losschoß, nahm er noch einen Schluck aus seinem dritten Glas Bourbon mit Pfefferminz, das bereits einige Falten in seinem gutgeschnittenen Gesicht geglättet und seinen Blick weniger sorgenvoll gemacht hatte.
»Ich will versuchen, mich genau zu erinnern, was ich den anderen erklärte«, begann er bedächtig. »Die Schilddrüsen und die Gießbeckenknorpel an der linken Seite waren ernstlich verletzt worden und in geringerem Maße auch die Ringknorpel des Kehlkopfes.« Er lächelte – ein überlegenes, aber kein anmaßendes Lächeln. »Ich wartete zwei Wochen, behandelte ihn vorschriftsmäßig und dachte, eine Operation sei nicht erforderlich, doch sie war es. Als ich einschnitt, war ich erleichtert, das gebe ich zu. Es war nicht so schlimm, wie ich befürchtet hatte. Es war eine unkomplizierte Operation, und er genas bewundernswert. Ich würde an jenem Tag nicht viel riskiert haben, hätte ich die Versicherung abgege-

ben, daß seine Stimme in zwei, höchstens drei Monaten so gut wie eh und je sein würde. Doch der Kehlkopf ist ein äußerst empfindliches Organ und ein Tenor wie Mions ein bemerkenswertes Phänomen; deshalb sagte ich vorsichtshalber nur, daß ich überrascht und enttäuscht sein würde, falls er nicht zur Eröffnung der nächsten Opernsaison in sieben Monaten restlos wiederhergestellt sein würde. Ich fügte hinzu, daß meine Hoffnungen und Erwartungen in Wirklichkeit noch optimistischer seien.«

Lloyd schürzte die Lippen. »Das war's, denke ich. Nichtsdestoweniger begrüßte ich den Vorschlag, daß meine Prognose durch Rentner bestätigt werden sollte. Offensichtlich würde es ein Hauptfaktor in der Entscheidung über die Schadenersatzregelung sein, und ich wollte nicht die alleinige Verantwortung tragen.«

»Rentner? Wer war das?« fragte Wolfe.

»Dr. Abraham Rentner vom Sinai-Hospital«, belehrte ihn Lloyd in dem Ton, den ich anschlagen würde, fragte mich jemand nach Jackie Robinson. »Ich rief ihn an und traf eine Verabredung für den folgenden Tag mit ihm.«

»Ich bestand darauf«, trompetete Rupert der Dicke gewichtig. »Mion hatte ein Recht auf Entschädigung, nicht irgendwann in näherer oder fernerer Zukunft, sondern sofort. Sie wollten nicht zahlen, ehe man sich nicht auf eine Gesamtsumme geeinigt hatte, und wenn wir einen Gesamtbetrag nennen mußten, so wollte ich verdammt sichergehen, daß er hoch genug war. Vergessen Sie nicht, daß Mion an jenem Tag nicht einen Ton herausbrachte.«

»In den nächsten zwei Monaten hätte er noch nicht einmal ein Pianissimo hauchen können«, unterstützte Lloyd ihn. »Das nannte ich als Minimum.«

»Es scheint«, mischte sich Richter Arnold ein, »das Mißverständnis zu bestehen, daß wir uns dem Vorschlag, die Meinung eines zweiten Sachverständigen einzuholen, widersetzten. Ich muß protestieren –«

»Aber das taten Sie!« quiekte Grove.

»Ganz und gar nicht!« bellte Gifford James. »Wir wollten

nur –«

Alle drei stürzten sich schnappend und knurrend aufeinander. Mir schien, daß sie besser ihre Energien für die Hauptnummer aufgespart hätten – nämlich, ob Mrs. Mion etwas erhalten würde und wenn ja, wieviel. Aber diese Kampfhähne waren anderer Meinung. Ihr Hauptanliegen bestand darin, das geringste Risiko, bei auch nur der winzigsten Kleinigkeit einer Meinung zu sein, unbedingt zu vermeiden. Wolfe ließ sie geduldig auf ihr Ziel – das Nichts – zustürmen und verhalf dann einer neuen Stimme zum Wort.

»Miss Bosley, von Ihnen haben wir noch nichts gehört. Auf wessen Seite standen Sie?«

4

Adele Bosley hatte alles in sich aufgenommen, gelegentlich an ihrem Rum-Collins genippt – ihrem zweiten jetzt – und meiner Ansicht nach verdammt gescheit dreingeschaut. Obgleich wir Mitte August hatten, war sie als einzige der sechs wirklich braungebrannt. Ihre Werbeverbindungen zur Sonne waren ausgezeichnet.

Sie schüttelte den Kopf. »Ich stand auf keiner Seite, Mr. Wolfe. Ich vertrat lediglich die Interessen meines Arbeitgebers, der Metropolitan-Operngesellschaft. Selbstverständlich wollten wir eine Einigung auf privater Ebene, ohne jeden Skandal. Ich vertrat überhaupt keine Meinung über das Streitobjekt.«

»Und Sie äußerten auch keine?«

»Nein. Ich drängte sie nur, wenn möglich, zu einer Übereinkunft zu kommen.«

»Wie hochanständig!« stieß Clara James verächtlich schnaubend hervor. »Sie hätten meinen Vater ruhig ein wenig unterstützen können, da er Ihnen Ihre Stelle beschaffte. Oder hatten Sie –«

»Sei still, Clara«, unterbrach James sie mit Bestimmtheit.

Doch sie ignorierte ihn und sprach aus, was sie wissen wollte: »Oder hatten Sie dafür bereits voll bezahlt?«
Ich war schockiert. Richter Arnold sah peinlich betroffen drein. Rupert der Dicke kicherte. Dr. Lloyd nahm einen gründlichen Schluck Bourbon.
In Anbetracht der zaghaft-freundschaftlichen Gefühle, die ich Adele gegenüber entwickelte, hoffte ich in gewisser Weise, daß sie der schlanken, funkelnden Miss James den Mund stopfen würde, aber sie bat lediglich den Vater: »Können Sie nicht mit der Göre fertig werden, Gif?«
Dann, ohne eine Antwort abzuwarten, wandte sie sich an Wolfe. »Miss James macht gern von ihrer Phantasie Gebrauch. Was sie andeutete, stand nie zur Diskussion.«
Wolfe nickte. »Hierbei ist es sowieso bedeutungslos.« Er verzog sein Gesicht. »Um aufs Wesentliche zurückzukommen: Um welche Zeit löste sich jene Versammlung auf?«
»Nun – Mr. James und Richter Arnold gingen zuerst, gegen halb fünf. Bald darauf auch Dr. Lloyd. Ich blieb ein paar Minuten bei Mion und Mr. Grove und verabschiedete mich dann.«
»Wohin gingen Sie?«
»In mein Büro am Broadway.«
»Wie lange blieben Sie in Ihrem Büro?«
Sie war überrascht. »Ich weiß nicht – doch – ach ja, natürlich. Bis etwa nach sieben Uhr. Ich hatte allerhand zu erledigen, außerdem tippte ich einen vertraulichen Bericht über die Konferenz bei Mion.«
»Haben Sie Mion noch einmal vor seinem Tod gesehen oder mit ihm telefoniert?«
»Ihn gesehen?« Sie war noch überraschter. »Wie konnte ich? Wissen Sie nicht, daß man seinen Tod um sieben Uhr feststellte? Das war, ehe ich das Büro verließ.«
»Haben Sie mit ihm telefoniert? Zwischen halb fünf und sieben Uhr?«
»Nein.« Adele war jetzt verwirrt und leicht gereizt. Ich fand, daß Wolfe sich skrupellos auf dünnes Eis zu bewegte, verdammt nahe an das verbotene Thema Mord heran. Adele

fügte hinzu: »Ich weiß nicht, worauf Sie hinauswollen.«
»Ich ebensowenig«, warf Richter Arnold mit Nachdruck ein. Er lächelte sarkastisch. »Oder ist es bei Ihnen die Macht der Gewohnheit, Leute nach ihrem Verbleiben zu der Zeit eines gewaltsamen Todes auszufragen? Warum forschen Sie nicht bei jedem von uns nach?«
»Das beabsichtige ich auch«, versicherte Wolfe unerschütterlich. »Ich möchte gerne wissen, warum Mion beschloß, sich selbst zu töten, denn das hat einen Einfluß auf das Gutachten, das ich seiner Witwe ausstellen werde. Ich weiß, zwei oder drei von Ihnen behaupten, daß er bei Beendigung der Konferenz wohl aufgeregt, aber nicht ernsthaft besorgt oder deprimiert gewesen war. Ich weiß, er beging Selbstmord; man kann der Polizei in einem solchen Fall nichts vormachen; aber warum?«
»Ich bezweifle«, brachte Adele Bosley vor, »daß Sie wissen, wie sich ein Sänger – besonders ein großer Künstler wie Mion –, wie er sich fühlt, wenn er keinen Ton herausbekommt, wenn er nicht einmal sprechen kann, höchstens ganz leise oder im Flüsterton. Es ist schauderhaft.«
»Immerhin, man wurde nie ganz schlau aus ihm.« Rupert Grove hatte offensichtlich beschlossen, noch einen Diskussionsbeitrag zu liefern. »Ich habe ihn bei Proben Arien wie ein Engel singen hören und dann in Tränen davonstürzen sehen, weil er glaubte, einen Ton unrein gebracht zu haben. In der einen Minute himmelhoch jauchzend, in der nächsten zu Tode betrübt.«
Wolfe grunzte. »Dennoch ist jedes Wort, das irgend jemand während dieser zwei Stunden vor seinem Selbstmord mit ihm gewechselt hat, für diese Untersuchung wichtig, um Mrs. Mions moralischen Standpunkt festzulegen. Ich möchte erfahren, wo Sie sich an jenem Tag aufhielten, nach der Besprechung bis gegen sieben Uhr, und was Sie taten.«
»Mein Gott!« Richter Arnold warf die Arme in die Luft. Dann senkte er sie wieder. »Also gut, es wird spät. Wie Miss Bosley Ihnen erzählte, verließen mein Klient und ich gemeinsam Mions Studio. Wir gingen in die Churchill-Bar,

tranken und unterhielten uns. Ein wenig später gesellte sich Miss James zu uns, blieb auf einen Drink – ich nehme an, eine halbe Stunde – und ging. Mr. James und ich blieben zusammen bis nach sieben Uhr. Während dieser Zeit setzte sich keiner von uns mit Mion in Verbindung oder vermittelte einem Dritten ein Treffen mit ihm. Ich glaube, damit ist es genug.«

»Vielen Dank«, sagte Wolfe höflich. »Sie bestätigen das selbstverständlich, Mr. James?«

»Selbstverständlich«, erwiderte der Bariton mürrisch. »Das Ganze ist ein verdammter Blödsinn.«

»Ja, es beginnt sich danach anzuhören«, pflichtete Wolfe ihm bei. »Dr. Lloyd? Wenn Sie nichts dagegen haben?«

Das hatte er nicht, denn er war durch vier reichliche Portionen unseres besten Bourbons durchaus wohlwollend gestimmt und er machte auch keine Mätzchen. »Keineswegs«, sagte er bereitwillig. »Ich habe bei fünf Patienten Besuche gemacht, zwei an der oberen Fifth Avenue, einen an der 60. Straße und zwei im Krankenhaus. Etwas nach sechs kam ich nach Hause und war gerade mit meiner Toilette, nachdem ich ein Bad genommen hatte, fertig, als Fred Weppler mich wegen Mion anrief. Natürlich kam ich sofort.«

»Sie hatten Mion weder gesehen noch mit ihm telefoniert?«

»Nicht nach der Konferenz. Vielleicht hätte ich es tun sollen, aber der Gedanke kam mir überhaupt nicht – ich bin kein Psychiater, ich war nur sein Arzt.«

»Er war recht aufgekratzt, nicht wahr?«

»Ja, das stimmt.« Lloyd schürzte die Lippen. »Das ist natürlich kein medizinischer Fachausdruck.«

»Weit davon entfernt«, stimmte Wolfe zu. Dann suchte sein Blick ein neues Opfer. »Mr. Grove, Sie brauche ich nicht zu fragen, ob Sie Mion angerufen haben, da bereits feststeht, daß Sie es taten. So gegen fünf Uhr?«

Rupert der Dicke neigte wiederum seinen Kopf zur Seite. Offenbar war das seine Lieblingspose bei einem Gespräch. »Es war nach fünf«, verbesserte er Wolfe. »Mehr gegen Viertel nach fünf.«

»Von wo aus telefonierten Sie?«
»Vom Harvard Club.«
Verdammt noch mal, dachte ich, das Publikum des Harvard Clubs mußte ziemlich gemischt sein.
»Was wurde gesprochen?«
»Nicht viel.« Groves Lippen verzogen sich. »Es geht Sie einen feuchten Kehricht an, wissen Sie, aber die andern haben eingewilligt, und ich mache mit. Ich hatte vergessen, ihn zu fragen, ob er ein gewisses Produkt für tausend Dollar bestätigen würde, und die Agentur verlangte einen Bescheid. Wir sprachen kaum drei Minuten miteinander. Zuerst lehnte er ab, dann stimmte er zu. Das war alles.«
»Sprach er wie ein Mann, der im Begriff ist, sich selbst zu töten?«
»Nicht im geringsten. Er war mürrisch, aber das war verständlich, da er noch immer nicht singen konnte und auch nicht vor Ablauf von zwei Monaten damit zu rechnen war.«
»Was taten Sie nach dem Gespräch mit Mion?«
»Ich blieb im Club. Ich aß dort zu Abend und war damit noch nicht ganz fertig, als die Nachricht von Mions Selbstmord eintraf. So kam ich um meine Eiscreme und Kaffee.«
»Zu dumm. Als Sie mit Mion telefonierten, versuchten Sie nochmals, ihn dazu zu überreden, seine Forderungen gegenüber James nicht auf die Spitze zu treiben?«
Groves Kopf fuhr in die Höhe. »Was tat ich?« fragte er.
»Sie haben mich genau verstanden«, entgegnete Wolfe brüsk. »Was ist daran so verwunderlich? Selbstverständlich hat Mrs. Mion mich informiert, da ich sie vertrete. Sie waren von Anfang an gegen Mions Geldforderungen und versuchten sie ihm auszureden. Sie führten an, daß die Publicity so nachteilig sein würde, daß es sich einfach nicht lohnte. Er verlangte, daß Sie seine Forderungen unterstützten, und drohte, Ihren Vertrag zu lösen, falls Sie sich weigerten. Ist das richtig?«
»Nein, keinesfalls.« Groves schwarze Augen sprühten. »Es war ganz und gar nicht so! Ich sagte ihm lediglich meine Meinung. Als beschlossen wurde, die Forderung zu erstel-

len, willigte ich ein.« Seine Stimme schwang sich noch eine Stufe höher, was ich nie für möglich gehalten hätte. »Ganz gewiß tat ich das!«

»Ich verstehe.« Wolfe wollte keinen Streit. »Wie stellen Sie sich nun zu Mrs. Mions Forderung?«

»Ich glaube nicht, daß sie einen Anspruch hat. Ich denke nicht, daß sie etwas einkassieren kann. Wenn ich an James' Stelle wäre, würde ich ihr ganz gewiß keinen Cent geben.«

Wolfe nickte. »Sie mögen sie nicht, stimmt das?«

»Offen gestanden, nein. Ich habe sie noch nie gemocht. Muß ich Sie leiden können?«

»Nein, gewiß nicht. Besonders, da sie Sie auch nicht mag.«

Wolfe rückte sich auf seinem Sessel zurecht und lehnte sich zurück. Aus der schnurgeraden Linie, die seine Lippen bildeten, schloß ich, daß der nächste Punkt auf der Liste ihm unsympathisch war, und ich verstand auch, warum, als ich sah, wie sich sein Blick auf Clara James heftete. Ich möchte wetten, daß er den Auftrag nicht übernommen hätte, wenn er vorher gewußt hätte, mit jener Person verhandeln zu müssen. Er polterte sie an: »Miss James, Sie sind unserem Gespräch gefolgt?«

»Ich habe mich schon gefragt«, klagte sie, als ob sie eine Beschwerde mühsam unterdrückte, »ob Sie mich weiterhin übersehen würden. Ich war nämlich auch dabei, wissen Sie.«

»Ich weiß. Ich habe Sie nicht vergessen.« Sein Ton gab zu verstehen, wie gerne er es getan hätte. »Als Sie mit Ihrem Vater und Richter Arnold in der Churchill-Bar einen Drink nahmen, schickten die beiden Sie in Mions Studio hinauf – weshalb?«

Arnold und James protestierten auf der Stelle und zu gleicher Zeit. Wolfe, der sie nicht beachtete, wartete auf Claras Antwort, die von den anderen Stimmen übertönt wurde.

». . .und hatten nichts damit zu tun«, endete sie. »Ich ging aus eigenem Entschluß.«

»Es war Ihr eigener Einfall?«

»Ganz und gar. Ab und zu habe ich selbst auch einmal einen.«

»Weshalb gingen Sie?«
»Sie brauchen nicht zu antworten, meine Liebe«, bedeutete ihr Arnold. Sie beachtete ihn nicht. »Sie erzählten mir, was bei der Unterredung vorgefallen war, und ich war wütend. Ich fand, daß es ein Überfall war – aber das wollte ich Alberto nicht sagen. Ich dachte, ich könnte es ihm ausreden.«
»Sie wollten an ihn appellieren, um der alten Zeiten willen?«
Sie schien belustigt. »Sie haben eine ganz wonnige Art, die Dinge zu benennen: Stellen Sie sich ein Mädchen meines Alters mit ›alten Zeiten‹ vor!«
»Es freut mich, daß Ihnen mein Stil gefällt, Miss James.« Wolfe kochte vor Wut. »Jedenfalls gingen Sie zu ihm. Und kamen gegen Viertel nach sechs an?«
»So ungefähr, ja.«
»Haben Sie Mion gesehen?«
»Nein.«
»Warum nicht?«
»Er war nicht dort. Wenigstens . . .« Sie hielt inne. Ihre Augen funkelten nicht mehr ganz so. »Das dachte ich wenigstens damals«, setzte sie fort. »Ich fuhr bis zum dreizehnten Stock und läutete an der Tür zum Studio. Es ist eine laute Klingel – er wollte sie so laut, damit sie seinen Gesang und das Klavier übertönen konnte, wenn er übte –, aber ich konnte sie vom Flur aus nicht hören, denn die Tür ist ebenfalls schalldicht. Nachdem ich den Klingelknopf einigemal gedrückt hatte, war ich nicht sicher, ob die Klingel funktionierte, deshalb klopfte ich an die Tür. Ich führe gerne alles, was ich einmal begonnen habe, zu Ende, und ich dachte, daß er da sein müßte; deshalb klingelte ich noch mehrmals und zog sogar meinen Schuh aus und klopfte mit dem Absatz an die Tür. Dann ging ich die Flurtreppe in den zwölften Stock hinunter und klingelte an der Wohnungstür. Das war wirklich dämlich, denn ich weiß, wie sehr Mrs. Mion mich haßt, aber jedenfalls tat ich es. Sie kam an die Tür und sagte, sie glaubte, Alberto sei oben im Studio. Ich erwiderte, daß er nicht dort sei, und sie schlug mir die Tür vor der Nase zu. Ich ging nach Hause und mixte mir einen Drink – übrigens,

dies ist wirklich ein guter Scotch, das muß ich zugeben, obgleich ich noch nie von dieser Marke gehört habe.«
Sie hob ihr Glas und schüttelte es, um das Eis herumzuwirbeln. »Noch mehr Fragen?«
»Nein«, brummte Wolfe. Er sah auf die Wanduhr und dann über die Reihe der Gesichter hin. »Ich werde bestimmt Mrs. Mion darüber Bericht erstatten, daß Sie mit Tatsachen nicht hinter dem Berg gehalten haben.«
»Und was sonst?« erkundigte sich Arnold.
»Ich weiß nicht. Wir werden sehen.«
Das mißfiel ihnen. Ich hätte es nicht für möglich gehalten, daß es ein Thema gab, bei dem zwischen diesen sechs Personen friedliche Einmütigkeit herrschte, aber Wolfe schaffte dieses Kunststück mit sechs Worten. Sie wollten einen Urteilsspruch; oder in Ermangelung dessen zumindest eine Meinungsäußerung; wenn nicht das, so doch wenigstens einen Wink. Adele Bosley war hartnäckig, Rupert der Dicke war so empört, daß er quiekte, und Richter Arnold war nahe dran, bösartig zu werden. Wolfe blieb bis zu einem gewissen Punkt geduldig, stand jedoch schließlich auf und wünschte ihnen gute Nacht, ganz als ob ihm dieser Wunsch aus dem Herzen käme. Die Versammlung schloß mit einem derartigen Mißklang, daß beim Aufbruch nicht einer von ihnen mit einem Dankeswort für alle Erfrischungen herausrückte, nicht einmal Adele, die Expertin für Werbung, oder Dr. Lloyd, der praktisch die ganze Bourbonflasche verkonsumiert hatte.
Als die Haustür geschlossen und zur Nacht verriegelt war, kehrte ich ins Büro zurück. Zu meiner Verwunderung war Wolfe noch auf den Beinen. Er stand drüben bei der Bücherwand und stierte auf die Buchrücken.
»Unruhig?« fragte ich freundlich.
Er drehte sich um und sagte herausfordernd: »Ich möchte noch eine Flasche Bier.«
»Quatsch. Sie haben schon fünf seit dem Essen gehabt.« Ich machte mir nicht die Mühe, meine Antwort mit viel Gefühl zu würzen, da dieses der vertraute Lauf der Dinge war. Er

selbst hatte sich ein Soll von fünf Flaschen zwischen Abendessen und Schlafenszeit gesetzt und hielt sich für gewöhnlich daran. Wenn jedoch irgend etwas seine Laune auf den Nullpunkt trieb, schob er gerne die Verantwortung von sich ab, um auch auf mich sauer sein zu können.
Das gehörte eben zu meinem Aufgabenbereich. »Nichts zu machen«, erklärte ich bestimmt. »Ich habe sie gezählt, fünf. Wo liegt denn der Hase im Pfeffer? Einen ganzen Abend vertan, und noch immer keinen Mörder?«
»Pah.« Er kniff die Lippen zusammen. »Das ist es nicht. Wenn das alles wäre, könnten wir den Fall abschließen, ehe wir zu Bett gehen. Es ist jene verwünschte geflügelte Waffe.« Er stierte mich unter zusammengezogenen Brauen an, als ob er den Verdacht hegte, auch ich könnte Flügel haben. »Ich könnte sie natürlich einfach übergehen – nein. Nein, in Anbetracht des Zustandes, in dem sich unsere Klienten befinden, wäre das tollkühn. Wir müssen es aufklären. Es gibt keine andere Wahl.«
»Ekelhaftes Ärgernis. Kann ich behilflich sein?«
»Ja. Rufen Sie als erstes morgen früh Mr. Cramer an. Bitten Sie ihn, um elf Uhr hier zu erscheinen.«
Ich hob die Brauen. »Aber er interessiert sich nur für Mordfälle. Soll ich ihm sagen, daß wir einen solchen auf Lager haben?«
»Nein. Sagen Sie ihm lediglich, ich garantiere ihm, daß es die Mühe lohnt.« Wolfe trat einen Schritt auf mich zu. »Archie.«
»Ja, Sir?«
»Ich hatte einen schlechten Abend, und ich brauche noch eine Flasche.«
»Kommt nicht in Frage. Keine Chance.« Fritz war hereingekommen, und wir machten uns ans Aufräumen. »Es ist nach Mitternacht, und Sie sind im Weg. Gehen Sie zu Bett.«
»Eine wird ihm nicht schaden«, murmelte Fritz.
»Sie sind vielleicht eine Rückendeckung«, sagte ich erbittert. »Ich warne Sie beide, ich habe einen Revolver in der Tasche. Meine Güte, was für ein Haushalt!«

5

Neun Monate im Jahr stand Inspektor Cramer von der Mordabteilung, der groß, breit und im Begriff zu ergrauen war, sein Beruf gut zu Gesicht; doch im Sommer färbte die Hitze sein Gesicht derartig rot, daß er ein wenig aufgedonnert wirkte. Er wußte das und mochte es nicht, und folglich war es etwas schwieriger, im August mit ihm fertig zu werden als im Januar. Falls sich für mich eine Gelegenheit ergibt, in Manhattan einen Mord zu begehen, hoffe ich, daß es im Winter ist.

Am Dienstag nachmittag saß er im roten Ledersessel und beäugte Wolfe ohne Herzlichkeit. Durch eine andere Verabredung aufgehalten, hatte er es nicht um elf Uhr schaffen können, die Stunde, zu der Wolfe die Vormittagsschicht bei seinen Orchideen oben in den Gewächshäusern zu vertagen pflegt.

Wolfe war auch nicht in strahlendster Laune, und ich machte mich auf allerhand Theater gefaßt. Ich war auch neugierig, wie Wolfe es anstellen würde, Informationen über einen Mord von Cramer zu ergattern, ohne auszuplaudern, daß dieser Mord stattgefunden hatte. Denn Cramer war keineswegs ein Tölpel.

»Ich bin auf meinem Weg in die Vororte«, brummte Cramer, »und habe nicht viel Zeit.«

Das war wahrscheinlich eine nackte Lüge. Er wollte nur nicht zugeben, daß ein Inspektor der New Yorker Polizei einen Privatdetektiv auf dessen Wunsch aufsuchte, selbst wenn es Nero Wolfe war und ich ihm erzählt hatte, daß wir ein heißes Eisen hatten.

»Um was handelt es sich?« fragte er murrend. »Die Dickinson-Sache? Wer hat Sie da schon wieder hineingezerrt?«

Wolfe schüttelte den Kopf. »Keiner, Gott sei Dank. Es handelt sich um den Mord an Alberto Mion.«

Ich gaffte ihn an. Das ging über mein Begriffsvermögen. Er hatte einfach sofort die Katze aus dem Sack gelassen, während ich dachte, daß der springende Punkt darin bestand,

daß es überhaupt keine Katze gab.
»Mion?« fragte Cramer uninteressiert. »Keiner meiner Fälle.«
»Wird es aber bald sein. Alberto Mion, der berühmte Opernsänger. Vor vier Monaten, am 19. April. In seinem Studio in der East End Avenue. Erschossen . . .«
»Ach so.« Cramer nickte. »Ja, ich entsinne mich. Aber Sie übertreiben ein wenig. Es war Selbstmord.«
»Nein, es war vorsätzlicher Mord.«
Cramer betrachtete ihn drei Atemzüge lang. Dann nahm er ohne Eile eine Zigarre aus seiner Tasche, untersuchte sie und steckte sie sich zwischen die Lippen. Nach einem Moment nahm er sie wieder heraus.
»Ich habe immer gewußt«, stellte er fest, »daß man bei Ihnen unweigerlich mit Kopfschmerzen rechnen kann. Wer sagt, daß es Mord war?«
»Ich bin zu diesem Schluß gekommen.«
»Dann ist der Fall ja klar.« Cramers Sarkasmus war für gewöhnlich etwas zähflüssig. »Haben Sie sich ein wenig um Beweismaterial gekümmert?«
»Ich habe keins.«
»Gut. Beweise verwirren einen Mordfall nur.« Cramer steckte sich die Zigarre wieder in den Mund und explodierte. »Seit wann halten Sie Ihre Sätze so verdammt kurz? Fangen Sie endlich an, auszupacken!«
»Ja . . .« Wolfe dachte nach. »Es ist etwas schwierig. Sie sind wahrscheinlich nicht mit den Einzelheiten vertraut, da es so lange her ist und als Selbstmord registriert wurde.«
»Ich erinnere mich gut daran. Wie Sie sagten, er war berühmt. Schießen Sie los.«
Wolfe lehnte sich zurück und schloß die Augen. »Unterbrechen Sie mich, wenn es nötig ist. Ich hatte gestern abend sechs Gäste hier zu einer Besprechung.« Er nannte ihre Namen und beschrieb sie näher. »Fünf von ihnen nahmen an einer Konferenz in Mions Studio teil, die zwei Stunden, ehe man ihn tot auffand, endete. Die sechste, Miss James, klopfte um Viertel nach sechs an die Studiotür und erhielt keine

Antwort, wahrscheinlich weil er da schon tot war. Meine Schlußfolgerung, daß Mion ermordet wurde, gründet sich auf Dinge, die ich gehört habe. Ich werde sie Ihnen nicht wiederholen – weil das zu lange dauern würde, weil es eine Frage der Betonung und der Deutung ist und weil Sie sie bereits gehört haben.«

»Ich war gestern abend nicht dabei«, sagte Cramer trocken.

»Das stimmt. Statt ›Sie‹ hätte ich lieber ›die Polizei‹ sagen sollen. Es muß sich alles in den Akten befinden. Man hatte sie damals verhört, und sie haben ihre Geschichten erzählt, wie sie sie mir erzählt haben. Dort können Sie alles erfahren. Haben Sie schon jemals erlebt, daß ich meine Worte zurücknehmen mußte?«

»Ich weiß, daß es Zeiten gab, wo ich sie Ihnen liebend gerne in den Hals zurückgestopft hätte.«

»Aber Sie haben es nie getan. Und hier sind noch einmal drei, die ich nicht zurückzunehmen brauche: Mion wurde ermordet. Ich will Ihnen jetzt nicht erklären, wie ich zu diesem Schluß kam; studieren Sie Ihre Akten.«

Cramer beherrschte sich mühsam. »Ich brauche sie nicht zu studieren«, sagte er, »bis auf eine Einzelheit – wie er ermordet wurde. Wollen Sie sagen, daß er zwar die Waffe selber abfeuerte, aber dazu gezwungen wurde?«

»Nein. Der Mörder feuerte die Waffe ab.«

»Das muß ein beachtlicher Mörder gewesen sein. Es ist ein ganz bemerkenswertes Kunststück, den Mund eines Kerls aufzuhalten und einen Revolver hineinzustecken, ohne daß das Opfer sich wehrt. Macht es Ihnen was aus, ihn mir zu nennen?«

Wolfe schüttelte den Kopf. »So weit bin ich noch nicht gekommen. Aber der Einwand, den Sie erheben, macht mir keine Sorgen; der kann überwunden werden. Es ist etwas anderes.« Er beugte sich vor, ganz ernst. »Hören Sie, Mr. Cramer. Es wäre für mich nicht unmöglich gewesen, mit dieser Sache allein fertig zu werden, Ihnen den Mörder mitsamt den Beweisen abzuliefern, mich in die Brust zu werfen und ein Rad zu schlagen. Doch erstens einmal habe ich keinen Ehrgeiz, Sie als Hanswurst hinzustellen, denn Sie sind keiner; und zweitens brauche ich Ihre Hilfe. Ich bin jetzt nicht in der Lage, Ihnen zu beweisen, daß Mion ermordet wurde. Ich kann Ihnen nur versichern, daß es so war, und wiederholen, daß ich das nicht zurückzunehmen brauche, und Sie ebenfalls nicht. Ist das nicht genug, zumindest, um Ihr Interesse zu wecken?«

Cramer hörte auf, die Zigarre zu zerkauen. Anzünden tat er sich nie eine. »Sicher«, sagte er grimmig. »Himmel, bin ich interessiert. Wieder einmal ein erstklassiges Kopfzerbrechen. Ich fühle mich geschmeichelt, daß Sie meine Hilfe wünschen. Inwiefern?«

»Ich möchte, daß Sie zwei Leute als Hauptzeugen festnehmen lassen, sie ausfragen und sie dann gegen Bürgschaft freilassen.«

»Welche zwei? Warum nicht alle sechs?« Ich habe ja vor seinem deftigen Sarkasmus gewarnt.

»Doch« – Wolfe ignorierte ihn –, »unter klar bestimmten Bedingungen. Sie dürfen nicht erfahren, daß ich dafür verantwortlich bin; sie dürfen nicht einmal wissen, daß ich mit Ihnen gesprochen habe. Die Verhaftungen sollten heute am Spätnachmittag oder frühen Abend vorgenommen werden, so daß sie die ganze Nacht und morgen früh, bis sie für eine Kaution gesorgt haben, in Haft bleiben. Die Kaution braucht nicht hoch zu sein; das ist nicht von Belang. Das Verhör sollte ziemlich lange und streng sein, nicht nur ein Scheingefecht, und wenn sie wenig oder keinen Schlaf bekommen, um so besser. Natürlich ist so etwas für Sie nur eine Routinemaßnahme.«

»Ja, so etwas machen wir am laufenden Band.« Cramers Ton blieb unverändert. »Aber wenn wir mit einem Haftbefehl kommen, so haben wir gerne einen triftigen Grund dafür. Wir wollen nicht anführen, daß wir nur Nero Wolfe einen Gefallen erweisen wollten. Ich möchte mich an die Gepflogenheiten halten.«

»Für diese beiden gibt es Gründe in Hülle und Fülle. Sie *sind* Hauptzeugen. Das sind sie tatsächlich.«

»Sie haben ihre Namen nicht genannt. Wer ist es?«
»Der Mann und die Frau, die die Leiche fanden. Mr. Frederick Weppler, der Musikkritiker, und Mrs. Mion, die Witwe.«
Diesmal fielen mir nicht die Augen aus dem Kopf, aber ich mußte mich doch schnell zusammenreißen. Das war ein unglaublicher Streich. Hin und wieder habe ich erlebt, wie Wolfe alles tat, bei einigen Gelegenheiten sogar zuviel tat, um einen Klienten vor der Verhaftung zu bewahren. Er sieht das als eine unerträgliche persönliche Beleidigung an. Und hier bekniete er praktisch das Gesetz, Fred und Peggy abzuführen, wo ich ihren Scheck über fünftausend Dollar gerade erst gestern eingelöst hatte!
»Oh«, meinte Cramer. »Die beiden?«
»Ja, Sir«, versicherte ihm Wolfe beflissen. »Wie Sie wissen oder aus den Akten erfahren können, gibt es genug, wonach man sie fragen kann. Mr. Weppler war an jenem Tag mit andern Gästen zum Lunch dort, und als die andern gingen, blieb er bei Mrs. Mion. Was wurde besprochen? Was taten sie an jenem Nachmittag? Wo waren sie gewesen? Warum kehrte Mr. Weppler um sieben Uhr zu Mions Wohnung zurück? Warum gingen er und Mrs. Mion zusammen zum Studio hinauf? Nachdem sie die Leiche gefunden hatten – warum begab Weppler sich nach unten, noch ehe er die Polizei benachrichtigte, um eine Namensliste von dem Pförtner und dem Fahrstuhlführer zu erhalten? Eine ungewöhnliche Handlungsweise. Hielt Mion für gewöhnlich ein Nachmittagsschläfchen? Schlief er mit offenem Mund?«
»Sehr zu Dank verpflichtet«, knurrte Cramer nicht eben dankbar. »Sie sind ein Zauberkünstler im Fragenausdenken. Aber selbst wenn Mion einen Nachmittagsschlaf mit offenem Munde hielt, bezweifle ich, daß er das im Stehen tat. Und nachdem die Kugel seinen Kopf verließ, ging sie, wie ich mich entsinne, in die Decke. Also.« Cramer preßte seine Handfläche gegen die Armlehnen, und die Zigarre in seinem Mund neigte sich ungefähr zu dem Winkel, in dem die Waffe wahrscheinlich in Mions Mund gesteckt hatte. »Wer ist

Ihr Klient?«

»Nein«, lehnte Wolfe bedauernd ab. »Zu dieser Enthüllung bin ich noch nicht bereit.«

»Das dachte ich mir. Eigentlich gibt es nicht eine einzige verdammte Tatsache, die Sie enthüllt haben. Brüten Sie sie ruhig aus. Sie haben eine Schlußfolgerung nach Ihrem Geschmack angestellt, zum Nutzen eines Klienten, den Sie nicht nennen wollen, und Sie verlangen von mir, daß ich diese Schlußfolgerung teste, indem ich zwei unbescholtene Bürger verhafte und ihnen die Daumenschrauben anlege. Ich habe schon genügend Kostproben Ihrer Unverschämtheit erlebt, aber dieses ist absolut der Gipfel, Himmeldonnerwetter!«

»Ich habe Ihnen gesagt, daß ich es nicht zurückzunehmen brauche, und Sie auch nicht. Falls –«

»Sie würden sogar eine Ihrer eigenen Orchideen verschlukken, wenn ein Honorar auf dem Spiel steht!«

Das setzte das Feuerwerk in Bewegung. Ich habe so manches Mal diese beiden ein Wortgefecht auskämpfen sehen und jede Minute davon genossen, doch dieser Kampf wurde so heiß, daß ich nicht ganz sicher war, ob ich ihn noch genoß. Um 12 Uhr 40 erhob sich Cramer zum Gehen. Um 12 Uhr 45 saß er wieder im roten Ledersessel, schüttelte seine Fäuste und fluchte. Um 12 Uhr 48 lehnte sich Wolfe mit geschlossenen Augen zurück und tat so, als ob er taub wäre. Um 12 Uhr 52 hämmerte er auf seinem Schreibtisch herum und schnaubte.

Um 13 Uhr 10 war alles vorbei. Cramer hatte eingewilligt und war wieder verschwunden. Er hatte eine Bedingung gestellt, nämlich, daß man zuerst die Akte prüfen und eine Personalkonferenz abhalten würde, aber das spielte keine Rolle, da die Verhaftungen aufgeschoben werden sollten, bis die Richter nach Hause gegangen waren. Er akzeptierte die Klausel, daß die Opfer nicht erfahren sollten, daß Wolfe seine Hand im Spiel hatte. So konnte wohl behauptet werden, daß er nachgegeben hatte, doch eigentlich gebrauchte er nur seinen gesunden Menschenverstand. Ungeachtet dessen, wie wichtig er Wolfes drei Worte nahm – und er wußte aus Erfahrung, wie riskant es war, Wolfe nicht ernst zu nehmen –, so machten sie es doch ziemlich deutlich, daß es keinem weh tun würde, wenn man Mions Tod noch einmal unter die Lupe nahm. In diesem Fall wäre ein Verhör mit dem Paar, das die Leiche gefunden hatte, ein Anfang so gut wie jeder andere. Tatsächlich war das einzige, was Cramer fast zum Ersticken brachte, Wolfes Weigerung, seinen Klienten anzugeben.

Als ich Wolfe zum Lunch ins Eßzimmer folgte, sprach ich zu seinem ausladenden Rücken: »Es gibt bereits achthundertundneun Leute im Stadtgebiet, die Sie vergiften möchten. Jetzt sind es achthundertundelf. Glauben Sie nicht, daß die beiden das früher oder später herausfinden?«

»Natürlich tun sie das«, räumte er ein und zog seinen Stuhl zurück. »Aber zu spät.«

Den restlichen Tag und den Abend über geschah überhaupt nichts, jedenfalls soweit wir wußten.

6

Am nächsten Morgen saß ich um 10 Uhr 40 hinter meinem Schreibtisch im Büro, als das Telefon klingelte. Ich nahm den Hörer ab und meldete mich: »Büro Nero Wolfe, Archie Goodwin am Apparat.«

»Ich möchte Mr. Wolfe sprechen.«

»Er ist vor elf Uhr nicht zu erreichen. Kann ich aushelfen?«

»Es ist dringend. Hier spricht Weppler, Frederick Weppler. Ich spreche von einer Zelle in einem Drugstore an der 9. Avenue in der Nähe der 20. Straße. Mrs. Mion ist bei mir. Wir sind verhaftet worden.«

»Guter Gott!« Ich tat entsetzt. »Weswegen?«

»Um uns über Mions Tod zu verhören. Sie hatten einen Haftbefehl für uns als Hauptzeugen. Sie hielten uns die ganze Nacht in Haft, und wir sind gerade gegen Kaution herausgekommen. Ich beauftragte einen Anwalt, die Kaution zu stellen, aber ich möchte nicht, daß er erfährt, daß wir Wolfe konsultiert haben. Er ist jetzt nicht hier. Wir möchten Wolfe sprechen.«

»Aber selbstverständlich«, stimmte ich nachdrücklich zu. »Das ist eine verdammte Ausschreitung. Kommen Sie her. Bis Sie hier sind, wird er aus seinen Gewächshäusern nach unten gekommen sein. Schnappen Sie sich ein Taxi.«

»Unmöglich. Deshalb rufe ich an. Zwei Geheimpolizisten beschatten uns, und wir wollen nicht, daß sie unseren Besuch bei Wolfe mitbekommen. Wie können wir sie abschütteln?«

Es hätte viel Zeit und Kraft gespart, ihnen einfach zu raten, herzukommen, da ein Paar offizieller Beschatter sie nicht zu beunruhigen brauchte. Aber ich hielt es für besser, das Spiel mitzuspielen.

»Um Himmels willen«, stöhnte ich angewidert. »Polypen verursachen mir Genickschmerzen. Hören Sie zu. Passen Sie genau auf?«

»Ja.«

»Begeben Sie sich zu der Feder Paper Company, in der 17. Straße Nr. 535. Fragen Sie im Büro nach Mr. Sol Feder. Stellen Sie sich als Mr. Montgomery vor. Er wird Sie durch eine schmale Passage in die 18. Straße führen. Genau dort, entweder am Bordstein oder daneben, wird ein Taxi mit einem Taschentuch um den Türgriff parken. Ich sitze drin. Verlieren Sie keine Zeit beim Einsteigen. Haben Sie verstanden?«

»Ich glaube schon. Wiederholen Sie nur noch einmal die Adresse.«

Das tat ich und bat ihn, mit seinem Start zehn Minuten zu warten, um mir Zeit zu lassen, dorthin zu gelangen. Als ich aufgelegt hatte, rief ich Sol Feder an, um ihn einzuweihen, benachrichtigte Wolfe durchs Haustelefon und machte mich auf den Weg.

Ich hätte ihn besser gebeten, mir fünfzehn oder zwanzig Minuten Vorsprung zu geben, denn ich erreichte meinen Posten in der 18. Straße ganz knapp. Mein Taxi hatte gerade angehalten, und ich streckte meine Hand aus dem Fenster, um das Taschentuch am Türgriff zu befestigen, als sie schon aus der Passage stürzten, als ob der Teufel hinter ihnen her wäre. Ich riß die Tür weit auf, und Fred stieß Peggy praktisch hinein und tauchte hinterher.

»In Ordnung, Chauffeur«, sagte ich gemessen. »Sie wissen, wohin.« Und ab rollten wir.

Als wir in die 10. Avenue einbogen, fragte ich, ob sie schon gefrühstückt hätten, was sie ohne viel Begeisterung bejahten. Sie schienen in der Tat weit von jeglicher Begeisterung entfernt zu sein. Peggys federleichte grüne Jacke, die sie über einem gelbbraunen Baumwollkleid trug, war zerdrückt und nicht sehr sauber, und ihr Gesicht machte einen vernachlässigten Eindruck. Freds Haar sah aus wie einen Monat nicht gekämmt, und sein brauner leichter Sommer-Kammgarnanzug war alles andere als schmuck. Sie hielten Händchen, und ungefähr einmal pro Minute reckte sich Fred den Hals aus, um aus dem Rückfenster zu spähen.

»Wir sind tatsächlich freigekommen«, versicherte ich ihnen. »Ich habe mir Sol Feder gerade für einen solchen Notfall vorbehalten.«

Die Fahrt dauerte nur fünf Minuten. Als ich sie in das Büro geleitete, saß Wolfe bereits in seinem großen, nach Maß angefertigten Sessel hinter seinem Schreibtisch. Er erhob sich zu ihrer Begrüßung, bot ihnen Platz an, fragte, ob sie ordentlich gefrühstückt hätten, und erklärte, daß die Nachricht ihrer Festnahme ein unangenehmer Schock gewesen war.

»Zur Sache«, platzte Fred noch im Stehen heraus. »Wir kamen zu Ihnen, um einen vertraulichen Rat einzuholen, und achtundvierzig Stunden später verhaftet man uns. War das reiner Zufall?«

Wolfe hatte es endlich geschafft, sich wieder bequem in seinem Sessel einzurichten. »Das wird uns kaum helfen, Mr. Weppler«, sagte er ohne Groll. »Wenn Ihre Geistesverfassung so ist, gehen Sie besser erst einmal woandershin, um sich abzukühlen. Sie und Mrs. Mion sind meine Klienten. Die Unterstellung, ich wäre fähig, gegen die Interessen eines

Klienten zu handeln, ist zu kindisch, um darüber zu streiten. Worüber hat die Polizei Sie ausgefragt?«

Aber Fred war nicht zufriedengestellt. »Sie spielen kein doppeltes Spiel«, räumte er ein, »das weiß ich. Aber wie ist es hier mit Goodwin? Er mag ebenfalls kein Betrüger sein, aber er kann in der Unterhaltung mit irgend jemandem unvorsichtig gewesen sein.«

Wolfe sah mich an. »Archie? Stimmt das?«

»Nein, Sir. Aber er kann sich seine Entschuldigung für später aufsparen. Beide hatten eine schlechte Nacht.« Ich blickte auf Fred. »Setzen Sie sich, und entspannen Sie sich. Wenn ich eine unvorsichtige Zunge hätte, könnte ich mich keine Woche auf diesem Posten halten.«

»Es ist verdammt seltsam«, beharrte Fred. Er setzte sich. »Mrs. Mion ist meiner Meinung. Nicht wahr, Peggy?«

Peggy, im roten Ledersessel untergebracht, warf ihm einen Blick zu und schaute dann wieder Wolfe an. »Das war ich, glaube ich«, gestand sie. »Ja, das stimmt. Aber jetzt, wo ich hier sitze, Sie ansehe . . .« Sie winkte ab. »Ach, lassen wir das. Es gibt keinen andern, zu dem wir gehen könnten. Wir kennen natürlich Rechtsanwälte, aber wir wollen mit keinem Anwalt darüber sprechen, was wir über die – die Waffe wissen. Wir haben es Ihnen bereits erzählt. Aber jetzt argwöhnt die Polizei etwas, und wir sind nur gegen Kaution freigelassen, und Sie müssen irgend etwas unternehmen!«

»Was haben Sie am Montag abend erfahren?« fragte Fred. »Sie wollten gestern nichts darüber sagen, als ich Sie anrief. Was haben die anderen erzählt?«

»Sie zählten Tatsachen auf«, erwiderte Wolfe. »Wie ich Ihnen am Telefon sagte, habe ich Fortschritte gemacht. Ich habe dem nichts hinzuzufügen – im Augenblick. Aber ich möchte wissen, ich *muß* wissen, in welcher Richtung die Polizei Sie ausholen wollte. Wußten sie von dem, was Sie mir über die Waffe berichtet hatten?«

Beide verneinten das.

Wolfe grunzte. »Dann kann ich mit Recht fordern, daß Sie Ihre Unterstellung, ich oder Mr. Goodwin hätten Sie hinter-

gangen, zurückziehen. Worüber wurden Sie verhört?«
Die Beantwortung dieser Frage nahm eine gute halbe Stunde in Anspruch. Die Polizeibeamten hatten sich jedes Mosaikteilchen des Bildes, so wie sie es kannten, vorgenommen; und mit Cramers Anweisung, es gründlich zu machen, hatten sie auch kein Fitzelchen ausgelassen. Weit davon entfernt, sich nur auf Mions Todestag zu beschränken, hatten sie besondere Neugierde für Peggys und Freds Gefühle und Handlungen während der vorangegangenen und darauffolgenden Monate gezeigt. Mehrmals mußte ich mich auf die Zunge beißen, um die Frage zu unterdrücken, warum sie ihre Ausfrager nicht zum Teufel geschickt hatten. Aber eigentlich wußte ich es: Sie hatten Angst gehabt. Ein verängstigter Mann ist nur ein halber Mann. Als sie schließlich mit dem Bericht über ihre Schicksalsprüfung fertig waren, fühlte ich Mitleid mit ihnen und ein wenig Schuldbewußtsein anstelle von Wolfe, als mich dieser plötzlich aus meiner Stimmung riß.
Er hatte eine Weile mit einer Fingerspitze auf seiner Sessellehne getrommelt, heftete jetzt seinen Blick auf mich und schoß los: »Archie, stellen Sie Mrs. Mion einen Scheck über fünftausend Dollar aus.«
Sie starrten ihn an. Ich stand auf und ging zum Safe. Sie wollten wissen, was das Ganze sollte. Ich stand an der Safetür und spitzte die Ohren.
»Ich geb' es auf«, versetzte Wolfe knapp. »Ich kann Sie nicht ertragen. Am Sonntag sagte ich, daß einer von Ihnen oder Sie beide lügen, und Sie stritten das hartnäckig ab. Ich übernahm es, um Ihre Lüge herumzuarbeiten, und ich tat mein Bestes. Doch jetzt, da die Polizei mit Mions Tod Lunte gerochen hat, und besonders bei Ihnen, weigere ich mich, dieses Risiko länger einzugehen. Ich bin bereit, als Don Quichotte dazustehen, aber nicht als Dummkopf. Wenn ich jetzt mit Ihnen Schluß mache, müssen Sie wissen, daß ich Inspektor Cramer sofort über alles, was Sie mir erzählten, informieren werde. Ich muß Sie ebenfalls warnen, daß er mich gut kennt und mir glauben wird. Falls Sie, wenn die Polizei die nächste

Runde mit Ihnen spielt, dumm genug sind, mir zu widersprechen, weiß der Himmel, was geschehen wird. Ihre einzige Chance liegt darin, die Wahrheit zuzugeben und die Polizei die Nachforschungen anstellen zu lassen, für die Sie mich engagiert hatten; aber ich sollte Sie auch warnen, daß sie keine Einfaltspinsel sind und auch erkennen werden, daß Sie lügen – zumindest einer von Ihnen. Archie, was stehen Sie da und halten Maulaffen feil? Holen Sie das Scheckheft.«

Ich öffnete die Tür zum Safe.

Keiner von ihnen hatte einen Mucks von sich gegeben. Ich nehme an, daß sie zu müde waren, um normal zu reagieren. Als ich zu meinem Schreibtisch zurückkehrte, saßen sie nur da und starrten sich an. Als ich anfing, den Kontrollabschnitt auszufüllen, ließ sich Freds Stimme vernehmen.

»Das können Sie nicht machen. Das ist unmenschlich.«

»Pfui«, schnaubte Wolfe. »Sie beauftragen mich, Sie aus der Patsche zu ziehen, und belügen mich, und dann reden Sie von Menschlichkeit! Nur nebenbei, ich habe am Montag abend Erfolg gehabt. Ich habe alles, bis auf zwei Einzelheiten, aufgeklärt, aber das Verflixte ist, daß die eine von Ihnen abhängt. Ich muß einfach wissen, wer die Waffe neben die Leiche auf den Boden gelegt hat. Ich bin überzeugt, daß es einer von Ihnen beiden war, aber Sie wollen es nicht zugeben. So bin ich hilflos, und das ist schade, denn ich bin ebenfalls überzeugt, daß keiner von Ihnen in den Mord an Mion verwickelt ist. Wenn es –«

»Was heißt das?« fragte Fred. Jetzt funktionierte sein Reaktionsvermögen wieder. »Sie sind überzeugt, daß es keiner von uns beiden war?«

»Das bin ich.«

Fred war aufgesprungen. Er trat an Wolfes Schreibtisch, stützte seine Handflächen darauf, beugte sich vor und sagte heiser: »Ist das Ihr Ernst? Sehen Sie mich an. Öffnen Sie Ihre Augen, und sehen Sie mich an! Ist das wahr?«

»Ja«, versicherte Wolfe ihm. »Das ist mein voller Ernst.«

Fred starrte ihn noch einen Moment lang an und richtete sich dann auf. »Nun gut«, sagte er, und seine Heiserkeit war

wie weggeblasen. »Ich habe die Waffe auf den Boden gelegt.«
Peggy stieß einen Klagelaut aus. Sie segelte aus ihrem Stuhl zu ihm und packte seinen Arm mit beiden Händen. »Fred! Nein! Fred!« flehte sie ihn an. Ich hatte nicht gedacht, daß sie einer solchen Heulerei fähig sei, aber natürlich war sie völlig übermüdet. Er legte seine Hand über die ihre, entschied dann, daß das unzureichend war, und nahm sie in seine Arme. Eine Minute lang befaßte er sich ausschließlich mit ihr. Endlich wandte er sich wieder an Wolfe. »Vielleicht wird es mir leid tun, aber dann auch Ihnen. Bei Gott, auch Ihnen.« Er war fest davon überzeugt. »Also schön, ich habe gelogen. Ich legte die Waffe auf den Boden. Jetzt sind Sie dran.« Er hielt unsere Klientin fest umschlungen. »Ich habe es getan, Peggy. Sag' nicht, daß ich es dir hätte beichten sollen – vielleicht wäre es richtiger gewesen –, aber ich konnte es nicht. Es kommt schon in Ordnung, Liebste, ganz bestimmt . . .«
»Setzen Sie sich«, brummte Wolfe böse. Nach einer Minute befahl er: »Verwünscht, setzen Sie sich!«
Peggy machte sich los. Fred ließ sie gehen, und sie kehrte zu ihrem Sessel zurück und ließ sich hineinfallen. Fred hockte sich auf die Lehne, legte den Arm um Peggy, und sie bedeckte seine Hand mit der ihren. Ihre Augen, mißtrauisch, ängstlich, trotzig und hoffnungsvoll, alles in einem, hefteten sich auf Wolfe.
Der blieb verärgert. »Ich nehme an«, begann er, »daß Sie sehen, wie die Dinge liegen. Sie haben absolut keinen Eindruck auf mich gemacht. Ich wußte bereits, daß einer von Ihnen die Waffe dorthin gelegt hatte. Wie könnte irgend jemand anders das Studio während dieser wenigen Minuten betreten haben? Die Wahrheit, die Sie mir gesagt haben, wird schlimmer als nutzlos, sie wird äußerst gefährlich sein, wenn Sie ihr nicht weitere Eröffnungen folgen lassen. Versuchen Sie es mit einer andern Lüge, und ich kann Ihnen für nichts mehr garantieren. Ich werde Sie nicht mehr retten können. Wo haben Sie sie gefunden?«

»Machen Sie sich keine Sorgen«, erwiderte Fred ruhig. »Sie haben es aus mir herausgewrungen, und Sie sollen die ganze Wahrheit hören. Als wir eintraten und die Leiche fanden, sah ich die Waffe dort, wo Mion sie ständig aufbewahrte: auf dem Sockel der Caruso-Büste. Mrs. Mion bemerkte sie nicht; sie blickte nicht in die Richtung. Ich ergriff die Waffe am Abzugsbügel und roch daran; sie war abgefeuert worden. Ich legte sie neben die Leiche auf den Boden, kehrte in die Wohnung zurück, ging hinaus und nahm den Fahrstuhl ins Erdgeschoß. Der Rest deckt sich mit dem, was ich Ihnen Sonntag erzählte.«

Wolfe grunzte. »Sie mögen in sie verliebt sein, aber von ihrer Intelligenz haben Sie nicht viel gehalten. Sie vermuteten, daß sie, nachdem sie ihn getötet hatte, nicht den Verstand besessen hatte, die Waffe dort liegen zu lassen, wo sie ihm aus der Hand hätte fallen können. «

»Das ist nicht wahr, verdammt noch mal!«

»Blödsinn. Natürlich dachten Sie das. Wen sonst hätten Sie schützen wollen? Und nachher brachte Sie das in arge Verlegenheit: als Sie ihr recht geben mußten, daß die Waffe bei Ihrem gemeinsamen Eintreten nicht dort lag, waren Sie hübsch in die Enge getrieben. Sie wagten nicht, ihr zu gestehen, was Sie getan hatten, weil sie selbstverständlich daraus folgern mußte, daß Sie sie im Verdacht hatten, besonders da sie selbst Sie anscheinend auch verdächtigte. Sie konnten nicht sicher sein, ob sie Sie tatsächlich im Verdacht hatte, oder ob sie lediglich –«

»Ich hatte ihn nie im Verdacht«, erklärte Peggy bestimmt. Es war harte Arbeit, Bestimmtheit in ihre Stimme zu legen, aber sie schaffte es. »Und er hat mich auch nie verdächtigt, nicht wirklich. Wir waren nur nicht sicher – ganz und gar sicher –, und wenn man verliebt ist und es so bleiben soll, muß man restlos sicher sein.«

»Das stimmt«, pflichtete Fred ihr bei. Sie sahen sich an. »Das stimmt ganz genau.«

»In Ordnung, ich glaube Ihnen«, sagte Wolfe kurz. »Ich denke, Sie haben die Wahrheit gesagt, Mr. Weppler.«

»Ich weiß verdammt genau, daß es so war.«
Wolfe nickte. »Es hört sich so an. Ich habe ein gutes Ohr für die Wahrheit. Bringen Sie jetzt Mrs. Mion nach Hause. Ich muß arbeiten, aber zuerst muß ich darüber nachdenken. Wie ich sagte, handelte es sich um zwei Probleme, und Sie haben nur eines davon aus der Welt geschafft. Bei dem andern können Sie nicht behilflich sein. Gehen Sie nach Hause und essen Sie etwas.«
»Wer will hier essen?« fragte Fred grimmig. »Wir wollen wissen, was Sie jetzt zu tun gedenken!«
»Ich muß mir die Zähne putzen«, warf Peggy ein. Ich bedachte sie mit einem bewundernden Blick. Die Fähigkeit weiblicher Wesen, derartige Dinge zu den unmöglichsten Zeiten auszusprechen, ist einer der Gründe, warum ich ihre Gesellschaft so liebe. Kein Mann auf der Welt hätte unter diesen Umständen das Gefühl gehabt, sich die Zähne putzen zu müssen, und das auch noch gesagt.
Außerdem vereinfachte es ihre Verabschiedung, ohne unhöflich werden zu müssen. Fred versuchte, auf seinem Recht zu bestehen, zu erfahren, was auf dem Programm stand, und bei der Betrachtung der Aussichten zu helfen. Schließlich mußte er sich jedoch Wolfes Ansicht anschließen, daß ein Mann bei der Beauftragung eines Experten nur noch die Autorität behält, diesen wieder zu verabschieden. Das, verbunden mit Peggys Verlangen nach einer Zahnbürste und Wolfes Versicherung, sie auf dem laufenden zu halten, brachte sie ohne großen Spektakel auf den Weg.
Als ich, nachdem ich sie hinausgelassen hatte, ins Büro zurückkam, trommelte Wolfe mit dem Papiermesser auf der Löschblattunterlage und betrachtete es stirnrunzelnd, obgleich ich ihm wohl hundertmal gesagt habe, daß dieses Verfahren das Löschblatt ruiniert. Ich holte das Scheckheft und legte es in den Safe zurück. Ich hatte auf dem Kontrollabschnitt nur das Datum eingetragen, ein Schaden war also nicht angerichtet.
»Noch zwanzig Minuten bis zum Lunch«, verkündete ich, schwang meinen Drehstuhl herum und ließ mich nieder.

»Wird das reichen, um das zweite Problem unter Dach und Fach zu bringen?«
Keine Antwort.
Ich wollte nicht empfindlich sein. »Wenn Sie nichts dagegen haben – worin besteht eigentlich das zweite Problem?« erkundigte ich mich freundlich.
Wieder keine Antwort, aber nach einem Augenblick ließ Wolfe das Papiermesser fallen, lehnte sich zurück und stieß einen langen Seufzer aus.
»Dieser verwünschte Revolver«, grollte er. »Wie ist er vom Boden auf die Büste gelangt? Wer hat ihn angefaßt?«
Ich stierte ihn an. »Mein Gott«, klagte ich, »Ihnen kann man es nie recht machen. Gerade ließen Sie zwei Klienten inhaftieren und haben wie ein Hund geschuftet, um die Waffe von der Büste auf den Boden zu bekommen. Jetzt wollen Sie sie wieder vom Boden auf die Büste schaffen? Warum, zum Teufel?«
»Nicht wieder. Vorher.«
»Vorher? Vor was?«
»Vor der Entdeckung der Leiche.« Er warf mir einen schiefen Blick zu. »Was halten Sie davon? Ein Mann – oder eine Frau, das spielt keine Rolle – betrat das Studio und tötete Mion, und zwar so, daß es stark nach Selbstmord aussehen würde. Er hat es mit Überlegung so geplant; es ist nicht so schwierig, wie die überlieferte Theorie der Polizei annimmt. Dann legte er die Waffe auf den Sockel der Büste, fünf Meter von der Leiche entfernt – und machte sich davon. Was sagen Sie dazu?«
»Das ist doch ganz klar, so geschah es nicht, es sei denn, daß der Mörder nach dem Abdrücken plötzlich überschnappte, was ziemlich weit hergeholt klingt.«
»Haarscharf. Da er geplant hatte, es wie Selbstmord aussehen zu lassen, hatte er die Waffe neben die Leiche auf den Boden gelegt. Darüber besteht kein Zweifel. Aber Mr. Weppler fand den Revolver auf der Büste. Wer nahm ihn vom Boden und legte ihn auf die Büste, und wann, und warum?«

»Mhm.« Ich kratzte mir die Nase. »Das ist ärgerlich. Ich gebe zu, die Frage ist wichtig und bedeutungsvoll, aber warum, zum Teufel, haben Sie sie angeschnitten? Warum lassen Sie sie nicht einfach ruhen? Lassen Sie ihn oder sie verhaften, anklagen und vor Gericht bringen. Die Polizei wird bestätigen, daß die Waffe dort auf dem Boden lag, und das wird den Geschworenen gut in den Kram passen, da es nach zurechtfrisiertem Selbstmord riecht. Das Urteil, vorausgesetzt, daß Sie Einzelheiten, wie Motiv und Gelegenheit, zusammengeflickt haben: schuldig.« Ich winkte ab. »Ein Kinderspiel. Warum es überhaupt zur Sprache bringen, daß die Waffe so herumzappelte?«
Wolfe schnaubte. »Die Klienten. Ich muß mein Honorar verdienen. Ich soll ihnen die Last von der Seele nehmen, und sie wissen, daß die Waffe nicht auf dem Boden lag, als sie die Leiche entdeckten. Für die Geschworenen kann ich es nicht dabei bewenden lassen, daß die Waffe auf der Büste lag, und für die Klienten kann ich sie nicht auf dem Boden liegen lassen, wo sie der Mörder hingelegt hatte. Nachdem ich durch Mr. Weppler den Revolver von der Büste auf den Boden manövriert habe, muß ich nun weiter zurückgehen und ihn vom Boden zur Büste befördern. Das sehen Sie doch ein?«
»Nur zu deutlich.« Ich pfiff hilfesuchend. »Ich will verdammt sein. Was für Fortschritte machen Sie?«
»Ich habe gerade erst angefangen.« Er richtete sich auf und straffte sich. »Aber ich muß meinen Geist für den Lunch klären. Reichen Sie mir bitte Mr. Shanks Orchideen-Katalog.«
Das war für den Moment alles, und während der Mahlzeiten verbannte Wolfe geschäftliche Themen nicht nur aus der Unterhaltung, sondern auch aus der Luft. Nach dem Lunch ging er wieder ins Büro und machte es sich in seinem Sessel gemütlich. Eine Zeitlang saß er unbeweglich da, und dann begann er seine Lippen vorzuwölben und wieder einzukneifen, und ich wußte, daß er Schwerarbeit leistete. Da ich keine Ahnung hatte, was für einen Vorschlag er machen würde, die Waffe vom Boden auf die Büste zu schaffen, fragte ich

mich, wie lange es wohl dauern würde und ob er wohl Cramer veranlassen müßte, noch jemanden einzusperren, und wenn ja, wen. Ich habe schon erlebt, wie er stundenlang so vor sich hin arbeitete, doch diesmal schaffte er es in zwanzig Minuten. Es war noch nicht ganz drei Uhr, als er mürrisch meinen Namen rief und die Augen öffnete.

»Archie.«

»Ja, Sir.«

»Ich kann es nicht tun. Sie müssen es.«

»Sie meinen, es prophezeien? Tut mir leid, ich bin beschäftigt.«

»Ich meine, es ausführen.« Er zog eine Grimasse. »Ich will es nicht übernehmen, mit dieser jungen Frau fertig zu werden. Es wäre ein Martyrium, und ich könnte alles verpfuschen. Es ist genau das richtige für Sie. Ihren Notizblock. Ich will ein Schreiben diktieren, und dann besprechen wir es.«

»Ja, Sir. Aber ich würde Miss Bosley eigentlich nicht gerade als jung bezeichnen.«

»Nicht Miss Bosley. Miss James.«

»Hui.« Ich angelte nach meinem Notizblock.

7

Um Viertel nach vier, als Wolfe sich oben in den Gewächshäusern der Nachmittagschicht mit seinen Orchideen widmete, saß ich hinter meinem Schreibtisch, starrte finster das Telefon an und fühlte mich hundeelend. Ich hatte Clara James angerufen und sie zu einer Spritzfahrt in meinem Kabriolett eingeladen, und sie hatte mir einen Korb gegeben. Wenn sich das so anhört, als ob ich mich selber über alle Vernunft sympathisch finde, ist das ein Irrtum. Mir ist völlig klar, daß ich nur aus dem Grunde zu ungefähr tausend Verabredungen mit jungen Damen komme, weil ich keine Einladung austeile, wenn die Umstände nicht deutlich auf eine Annahme weisen. Doch so habe ich mich daran gewöhnt,

ein »Ja« zu hören, und deshalb war ihr unberechtigtes »Nein« ein harter Schlag. Außerdem hatte ich mir die Mühe gemacht, mich in ein Pillater Hemd und einen leichten Sommeranzug zu zwängen, und da saß ich nun fein herausgeputzt wie ein Pfingstochse!
Ich braute mir drei Schlachtpläne zurecht und verwarf sie wieder, entwarf einen vierten und billigte ihn. Dann griff ich nach dem Hörer und wählte noch einmal dieselbe Nummer. Clara war, wie zuvor, am andern Ende der Leitung. Sobald sie festgestellt hatte, wer es war, wurde sie ungeduldig.
»Ich sagte Ihnen doch schon, daß ich eine Verabredung zum Cocktail habe! Bitte machen Sie –«
»Schweigen Sie!« fuhr ich sie grob an. »Ich habe einen Fehler gemacht. Ich war zu freundlich. Ich wollte Sie erst an die hübsche frische Luft spazierenführen, ehe ich Ihnen die Hiobsbotschaft übermittelte. Ich –«
»Was für eine Hiobsbotschaft?«
»Eine Dame hatte gerade Mr. Wolfe und mir erzählt, daß es außer ihr fünf Leute gibt, und vielleicht mehr, die wissen, daß Sie einen Schlüssel zu Alberto Mions Studio besaßen.«
Stille. Manchmal ärgert mich Stille, aber gegen diese hatte ich nichts einzuwenden. Schließlich ertönte ihre Stimme, völlig unverändert: »Das ist eine dumme Lüge. Wer hat das gesagt?«
»Das habe ich vergessen. Und ich spreche nicht am Telefon darüber. Nur zwei Punkte. Erstens, wenn das bekannt wird, wie steht es dann mit Ihrem zehn Minuten langen Türklopfen bei dem Versuch, hineinzukommen, während er drinnen tot lag? Wo Sie einen Schlüssel besaßen? Das würde selbst einen Polizisten skeptisch machen. Zweitens, treffen Sie sich mit mir in der Churchill-Bar um Punkt fünf Uhr, und wir reden darüber. Ja oder nein?«
»Aber es ist so – Sie sind so –«
»Mund halten. Hat keinen Zweck. Ja oder nein?«
Noch einmal Stille, kürzer diesmal, und dann: »Ja«, und sie legte auf.
Ich lasse niemals eine Dame warten und sah keinen Grund,

warum ich diesmal eine Ausnahme machen sollte, so fand ich mich acht Minuten vor der Zeit in der Churchill-Bar ein. Sie war geräumig, mit Klimaanlage versehen und in jeder Hinsicht gut ausgestattet. Selbst Mitte August war sie sowohl von weiblichen als auch von männlichen Gästen gut besucht. Ich bummelte einmal durch, blickte mich um, obgleich ich sie noch nicht erwartete, und war überrascht, als ich meinen Namen hörte und sie in einer Nische sitzen sah. Natürlich hatte sie keinen weiten Weg gehabt, aber davon abgesehen, hatte sie sich auffallend beeilt. Sie hatte bereits ein fast leeres Glas vor sich stehen. Ich gesellte mich zu ihr, und sofort tauchte ein Kellner auf.

»Was trinken Sie?« fragte ich sie.

»Scotch mit Eis.«

Ich bestellte zwei Scotch, und der Kellner trollte sich.

Sie beugte sich zu mir herüber und stieß in einem Atemzug hervor: »Hören Sie, das ist absolut albern. Erzählen Sie mir nur, wer Ihnen das gesagt hat. Pah, es ist völlig verrückt –«

»Einen Moment.« Ich unterbrach sie mehr mit meinem Blick als mit meiner Stimme. Ihre Augen funkelten mich an. »Das ist nicht der richtige Anfang, denn so kommen wir nicht weiter.« Ich holte ein Papier aus meiner Tasche und entfaltete es. Es war eine säuberlich getippte Kopie des von Wolfe diktierten Schriftstücks. »Der schnellste und bequemste Weg ist, dieses hier durchzulesen, dann wissen Sie, worum es geht.« Ich reichte ihr das Papier. Es war von jenem Tag datiert.

> »Ich, Clara James, erkläre hiermit, daß ich am Dienstag, den 19. April, den Wohnblock East End Avenue Nr. 620, New York City, gegen 18 Uhr 15 betrat und den Fahrstuhl zum 13. Stock nahm. Ich läutete an der Studiotür von Albert Mion. Keiner öffnete, und von drinnen war kein Laut zu vernehmen. Die Tür war nur angelehnt. Sie war nicht so weit geöffnet, daß sie einen Spalt zeigte, war aber weder eingeklinkt noch verschlossen. Nachdem ich nochmals geklingelt und keine Antwort erhalten hatte, öffnete

ich die Tür und trat ein.
Alberto Mion lag auf dem Boden dicht neben dem Klavier. Er war tot. In seinem Kopf war ein Loch. Es bestand kein Zweifel, daß er tot war. Mir wurde schwindlig, und ich mußte mich auf den Boden setzen und meinen Kopf aufstützen, um nicht ohnmächtig zu werden. Die Leiche berührte ich nicht. Auf dem Boden lag ein Revolver, nicht weit von der Leiche, und ich hob ihn auf. Ich glaube, ich saß ungefähr fünf Minuten lang auf dem Boden, aber es kann auch etwas mehr oder weniger gewesen sein. Als ich wieder auf den Füßen stand und zur Tür gehen wollte, wurde mir bewußt, daß ich den Revolver noch in der Hand hielt. Ich legte ihn auf den Sockel der Caruso-Büste. Später erkannte ich, daß ich das nicht hätte tun sollen, aber in jenem Moment war ich zu betroffen und betäubt, um zu wissen, was ich tat.
Ich verließ das Studio, zog die Tür hinter mir ins Schloß, ging die Flurtreppe in den 12. Stock hinunter und läutete an der Tür von Mions Wohnung. Ich wollte Mrs. Mion benachrichtigen, doch als sie in der Tür erschien, konnte ich kein Wort hervorbringen. Ich konnte ihr einfach nicht sagen, daß ihr Mann tot oben im Studio lag. Später bedauerte ich das, aber jetzt sehe ich keinen Grund zu einem Bedauern oder für eine Entschuldigung, und ich konnte einfach kein Wort herausbekommen. Ich sagte, daß ich ihren Mann sprechen wollte und schon an der Studiotür geläutet hätte und daß niemand darauf geantwortet hätte. Dann klingelte ich nach dem Fahrstuhl, fuhr bis ins Erdgeschoß und ging nach Hause.
Da ich nicht fähig gewesen war, Mrs. Mion davon zu erzählen, sagte ich niemandem etwas. Ich hätte es meinem Vater gesagt, aber er war nicht zu Hause. Ich beschloß zu warten, bis er heimkam, um ihm davon zu berichten. Aber ehe er kam, rief mich eine Freundin an und teilte mir die Neuigkeit von Mions Selbstmord mit, und ich entschied, niemandem etwas zu sagen, nicht einmal meinem Vater, daß ich im Studio gewesen war, sondern nur zu bestäti-

gen, daß ich auf den Klingelknopf gedrückt, geklopft und keine Antwort erhalten hätte. Ich dachte, es spielte keine Rolle, aber jetzt hat man mir erklärt, daß es wichtig sei, und deshalb gebe ich alles so an, wie es gewesen war.«

Als sie zum Schluß kam, erschien der Kellner mit den Getränken, und sie drückte das Schreiben gegen ihre Brust, als ob es ein Kartenblatt wäre. Während sie es dort mit ihrer Linken festhielt, griff sie mit der rechten Hand nach ihrem Glas und nahm einen großen Schluck Scotch. Ich nippte, um ihr Gesellschaft zu leisten, ebenfalls an meinem Glas.
»Ein Sack voller Lügen«, stieß sie dann entrüstet hervor.
»Ganz gewiß«, stimmte ich zu. »Ich habe gute Ohren, bitte sprechen Sie leise. Mr. Wolfe ist ganz und gar bereit, Ihnen eine Chance zu geben, und außerdem wäre es sowieso ein schönes Stück Arbeit, Sie zur Unterschrift zu bewegen, falls es die Wahrheit enthielte. Es ist uns völlig klar, daß die Studiotür verschlossen war und Sie sie mit Ihrem Schlüssel öffneten. Ebenfalls – nein, hören Sie mir eine Minute zu – daß Sie die Waffe absichtlich aufhoben und sie auf den Büstensockel legten. Sie nahmen an, Mrs. Mion habe ihn umgebracht und die Waffe so liegengelassen, daß es nach Selbstmord aussah, und Sie wollten ihr Spiel durchkreuzen. Sie konnten nicht –«
»Wo waren Sie?« fragte sie verächtlich. »Hinter der Couch versteckt?«
»Unsinn. Wenn Sie keinen Schlüssel hatten, warum haben Sie dann eine Verabredung abgesagt, um mit mir über das, was ich Ihnen am Telefon sagte, zu verhandeln? Was die Waffe betrifft, so konnten Sie nichts Dümmeres anstellen, selbst wenn Sie ein Jahr lang überlegt hätten. Wer würde glauben, daß ihn jemand so erschossen hatte, daß es nach Selbstmord aussah, und dann dumm genug war, die Waffe auf die Büste zu legen? Zu dämlich, um wahr zu sein, ehrlich. Aber Sie taten es.«
Ihr Verstand arbeitete so emsig, daß sie es nicht übelnahm, dumm genannt worden zu sein. Ihr Stirnrunzeln fältelte ihre

glatte, bleiche Stirn und nahm das Funkeln aus ihren Augen. »Immerhin«, meuterte sie, »was hier steht, ist nicht nur nicht wahr, sondern unmöglich! Man fand die Waffe auf dem Boden, neben seiner Leiche, also kann es einfach nicht stimmen!«

»So.« Ich grinste sie an. »Es muß ein Schock für Sie gewesen sein, als Sie das in der Zeitung lasen. Da Sie ganz persönlich die Waffe auf der Büste deponiert hatten, wie konnte sie dann auf dem Boden gefunden werden? Offensichtlich hat jemand sie dorthin zurückgelegt. Ich nehme an, Sie glaubten, Mrs. Mion habe das ebenfalls getan, und es muß für Sie bitter gewesen sein, zu schweigen. Aber Ihnen blieb keine andere Wahl. Jetzt liegt der Fall anders. Mr. Wolfe weiß, wer die Waffe zurück auf den Boden gelegt hat, und er kann es beweisen. Was mehr ist, er weiß, daß Mion ermordet wurde, und auch das kann er beweisen. Nur noch eines steht ihm im Wege, nämlich die Klärung des Problems, wie die Waffe vom Boden auf die Büste gelangte.« Ich zog meinen Füllhalter heraus. »Setzen Sie Ihren Namen darunter, ich beglaubige es, und alles ist im Lot.«

»Sie meinen, ich soll diesen Wisch unterschreiben?« fragte sie verachtungsvoll. »*So* dämlich bin ich nun doch nicht.«

Ich fing den Blick des Kellners auf und deutete noch einmal auf unsere Gläser. Dann, um ihr Gesellschaft zu leisten, leerte ich mein Glas.

Ich begegnete ihrem Blick und paßte mich ihrem Stirnrunzeln an. »Schauen Sie, Blauäuglein«, versuchte ich ihr mit Vernunft beizukommen. »Ich treibe Ihnen nicht Pflöcke unter die Fingernägel. Ich behaupte nicht, daß wir beweisen können, daß Sie das Studio betraten – ob mit Ihrem Schlüssel, oder weil die Tür nicht verschlossen war, spielt keine Rolle – und die Waffe aufhoben. Wir wissen, daß Sie es taten, da es sonst niemand getan haben kann, und Sie waren genau zur entsprechenden Zeit dort. Aber ich gestehe, daß wir keine Beweise dafür haben. Jedenfalls biete ich Ihnen einen wunderbaren Handel an.«

Ich deutete mit der Feder auf sie. »Passen Sie auf. Wir wollen diese Erklärung lediglich in Reserve halten, für den Fall, daß die Person, die die Waffe zurück auf den Boden legte, dumm genug ist, nicht den Mund zu halten, was recht unwahrscheinlich ist. Er würde sich nur –«

»Sie sagten ›er‹?« fragte sie.

»Machen Sie ›er‹ oder ›sie‹ draus. Wie Mr. Wolfe schon immer sagte – die Sprache braucht ein weiteres Pronomen. Er würde sich nur selber Ärger bereiten. Wenn er es nicht ausquatscht, und das wird er nicht, wird Ihre Erklärung überhaupt nicht gebraucht, aber wir müssen sie im Safe haben, für den Fall, daß er plaudert. Und noch etwas. Wenn wir diese Erklärung haben, würden wir uns nicht verpflichtet fühlen, der Polizei von Ihrem Schlüssel zur Studiotür zu erzählen; Schlüssel gingen uns dann nichts an. Und weiterhin würden Sie Ihrem Vater eine große Geldsumme sparen. Wenn Sie diese Erklärung unterschreiben, können wir den Fall von Mions Tod aufklären, und dann kann ich Ihnen garantieren, daß Mrs. Mion in keiner Verfassung sein wird, irgendwelche Ansprüche gegen Ihren Vater durchzusetzen. Sie wird zu sehr mit einer gewissen Angelegenheit beschäftigt sein.«

Ich bot ihr den Füllhalter an. »Machen Sie vorwärts, und unterschreiben Sie.«

Sie schüttelte den Kopf, aber nicht sehr energisch, denn ihr Verstand arbeitete schon wieder. Ich erkannte, daß ihr Denkvermögen wenig trainiert war, und wappnete mich mit Geduld. Dann kam unsere Nachbestellung, und es entstand eine Pause; schließlich konnte man von ihr ja nicht erwarten, gleichzeitig zu denken und zu trinken. Doch schließlich focht sie sich ihren Weg zu dem Punkt, auf den ich gezielt hatte.

»Also wissen Sie es«, sagte sie voller Befriedigung.

»Wir wissen genug«, erwiderte ich dunkel.

»Sie wissen, daß sie ihn umgebracht hat und daß sie die Waffe auf den Boden zurücklegte. Ich wußte auch, daß sie es war, es gewesen sein mußte. Und jetzt können Sie es beweisen? Wenn ich unterschreibe, haben Sie den Beweis da-

für?«
Natürlich hätte ich es bei Anspielungen bewenden lassen können, aber ich dachte: Zum Teufel, was soll's. »Gewiß können wir das«, versicherte ich ihr. »Mit dieser Erklärung sind wir startbereit. Sie ist das fehlende Glied. Hier ist der Füllhalter.«
Sie hob ihr Glas, leerte es in einem Zug, stellte es hin und, verdammt noch mal, sie schüttelte schon wieder den Kopf, diesmal mit Nachdruck. »Nein«, sagte sie rundheraus. »Ich will nicht.« Sie reichte mir das Papier. »Ich gebe zu, daß alles stimmt, und wenn sie vor Gericht vernommen wird und behauptet, die Waffe zurück auf den Boden gelegt zu haben, komme ich und beschwöre, daß ich sie auf die Büste gelegt habe. Aber unterschreiben werde ich nichts. Ich habe einmal etwas wegen eines Unfalls unterschrieben, und mein Vater nahm mir das Versprechen ab, nie wieder etwas zu unterschreiben, ohne es ihm vorher gezeigt zu haben. Ich kann es mitnehmen, ihm zeigen und es dann unterschreiben; und Sie können es heute abend oder morgen abholen.« Sie runzelte die Stirn. »Nur wußte er, daß ich einen Schlüssel hatte. Aber das könnte ich erklären.«
Aber sie hatte das Schriftstück nicht mehr. Ich hatte es an mich genommen. Wer mir jetzt vorwirft, ich hätte meine Taktik wechseln und mich weiter mit ihr herumraufen sollen, dem kann ich nur gratulieren, daß nicht er, sondern ich es war, der sie auf dem Hals hatte. Ich gab es auf. Ich zog meinen Taschenblock heraus, riß eine Seite ab und begann darauf zu schreiben.
»Ich könnte noch einen Drink vertragen«, bemerkte sie.
»In einer Minute«, murmelte ich und fuhr fort zu schreiben:

> An Nero Wolfe
> Ich erkläre hiermit, daß Archie Goodwin sein Bestes getan hat, mich zur Unterschrift der von Ihnen verfaßten Erklärung zu überreden. Er hat mir ihren Zweck auseinandergesetzt, und ich habe ihm erzählt, warum ich es ablehnen mußte, sie zu unterschreiben.

»Hier«, sagte ich und reichte ihr den Zettel. »Hier geht es um keine amtliche Unterschrift, dieses ist nur eine Erklärung, daß Sie sich weigern, etwas zu unterschreiben. Ich brauche es, weil Mr. Wolfe weiß, wie sehr ich auf hübsche Mädchen fliege, besonders auf so gescheite Mädchen wie Sie; und wenn ich ihm seine Erklärung nicht unterschrieben zurückbringe, wird er denken, ich hätte noch nicht einmal einen Versuch unternommen. Er könnte mich sogar vor die Tür setzen. Schreiben Sie nur dort unten Ihren Namen hin.«
Sie las es durch und nahm den Füllhalter. Sie lächelte mir mit funkelnden Augen zu. »Sie können mir nichts vormachen«, sagte sie nicht unfreundlich. »Ich weiß, wann ein Mann auf mich fliegt. Sie halten mich für kalt und berechnend.«
»So?« stieß ich ein wenig bitter hervor, aber nicht zu bitter. »Aber davon abgesehen, es steht nicht zur Debatte, ob ich auf Sie fliege oder nicht, sondern was Mr. Wolfe denken wird. Dieses wird mir nützlich sein. Recht vielen Dank.« Ich nahm ihr das Papier ab und blies über ihre Unterschrift, um sie zu trocknen. »Ich weiß, wann ein Mann auf mich fliegt«, stellte sie noch einmal fest.
Es gab weiter nichts für mich zu tun, aber ich hatte ihr praktisch noch einen Drink versprochen und hielt mein Versprechen.
Als ich in die 35. Straße zurückkam, war es nach sechs Uhr, und Wolfe hatte seine Sitzung in den Gewächshäusern beendet und war unten im Büro. Ich marschierte hinein und legte das nicht unterschriebene Schriftstück direkt vor ihn auf den Schreibtisch.
Er grunzte. »Na und?«
Ich ließ mich nieder und erzählte haarklein, wie alles vor sich gegangen war, bis zu ihrem Vorschlag, das Schreiben nach Hause zu nehmen, um es ihrem Vater zu zeigen.
»Tut mir leid«, sagte ich, »aber einige ihrer hervorstechendsten Eigenschaften gingen in jener Gesellschaft unter. Das ist keine Entschuldigung, nur eine Tatsache. Ihre geistigen

Manöver können leicht in einer ausgehöhlten Erbse vonstatten gehen. Da ich weiß, was Sie von unbestätigten Berichten halten, und da ich Sie von der Wahrheit des meinigen überzeugen möchte, verschaffte ich mir zur Unterstützung Beweise. Hier ist ein Papier, das sie unterschrieben *hat.*«

Ich reichte ihm die Seite, die ich aus meinem Notizblock gerissen hatte. Er warf einen Blick darauf und blinzelte mir zu.

»Das hat sie unterschrieben?«

»Ja, Sir. In meiner Gegenwart.«

»In der Tat. Gut. Zufriedenstellend.«

Ich bestätigte diesen Tribut mit einem lässigen Nicken. Es kränkte mich ganz und gar nicht, wenn er »zufriedenstellend« in diesem Ton sagte.

»Eine kühne, flüssige Handschrift«, urteilte er. »Benutzte sie Ihren Füllhalter?«

»Ja, Sir.«

»Kann ich ihn einmal haben?«

Ich gab ihn ihm zusammen mit einigen Blatt Schreibmaschinenpapier und beobachtete stehend mit beifälligem Interesse, wie er »Clara James« wieder und wieder schrieb und jeden Versuch mit der Schriftprobe, die ich ihm verschafft hatte, verglich. Währenddessen nuschelte er vor sich hin:

»Höchst unwahrscheinlich, daß es überhaupt jemand zu sehen bekommt – außer unseren Klienten ... Das ist besser ... Es ist genug Zeit, sie alle vor dem Abendessen anzurufen – zuerst Mrs. Mion und Mr. Weppler – dann die andern ... Sagen Sie ihnen, daß ich mir mein Urteil über Mrs. Mions Ansprüche gegen Mr. James gebildet habe ... Wenn sie um neun Uhr heute abend kommen können ... Ist das unmöglich, geht es auch morgen vormittag um elf ... Dann rufen Sie Mr. Cramer an ... Sagen Sie ihm, er könnte am besten gleich einen seiner Männer mitbringen ...«

Er strich die maschinengeschriebene Erklärung auf seinem Schreibtischlöschblatt glatt, fälschte Clara James' Unterschrift darunter und verglich sie mit der echten Unterschrift, die ich besorgt hatte.

»Mangelhaft, in den Augen eines Experten«, murmelte er,

»aber sie wird niemals einem Experten unter die Augen kommen. Für unsere Klienten, selbst wenn sie ihre Handschrift kennen, wird sie ihren Zweck prächtig erfüllen.«

8

Es kostete mich eine volle Stunde am Telefon, um alle für den Abend unter einen Hut zu bringen, aber schließlich hatte ich es erreicht. Gifford James entwischte mir, wie immer, aber seine Tochter war bereit, ihn aufzutreiben und mitzubringen, und machte damit vieles gut. Die andern brachte ich selbst zur Strecke.

Die einzigen, die Schwierigkeiten machten, waren unsere Klienten, besonders Peggy Mion. Sie sträubte sich hartnäkkig, an einer Besprechung teilzunehmen, die den scheinbaren Zweck hatte, Geld von Gifford James zu kassieren, und ich mußte mich an Wolfe um Hilfe wenden. Fred und Peggy wurden früher als die andern zu einer privaten Einsatzbesprechung eingeladen, um sich dann zu entscheiden, ob sie bleiben wollten oder nicht. Da willigten sie ein.

Sie kamen gerade rechtzeitig, um unseren Abendkaffee zu teilen. Peggy hatte sich wahrscheinlich die Zähne geputzt, ein Bad genommen, ein Schläfchen gehalten und offensichtlich die Kleider gewechselt, aber selbst so glänzte sie nicht. Sie war mißtrauisch, müde, abwesend und skeptisch. Zwar sagte sie nicht, daß sie wünschte, Nero Wolfe nie im Leben begegnet zu sein, aber ihr Ausdruck sprach Bände. Mir schwante, daß Fred Weppler genauso dachte, sich aber tapfer und mannhaft hielt. Peggy hatte darauf bestanden, Wolfe zu konsultieren, und Fred wollte sie nicht fühlen lassen, daß sie damit alles verschlimmert hatte, seiner Meinung nach.

Sie wurden noch nicht einmal munter, als Wolfe ihnen die Erklärung mit Clara James' Unterschrift zeigte. Sie lasen sie zusammen durch, sie im roten Ledersessel, und er auf der Sesselkante hockend. Zusammen blickten sie zu Wolfe auf.

»Na und?« fragte Fred.
»Mein werter Herr!« Wolfe stieß seine Kaffeetasse zurück. »Meine liebe gnädige Frau. Warum kamen Sie zu mir? Weil die Tatsache, daß die Waffe bei Ihrem Eintritt ins Studio nicht auf dem Boden lag, Sie überzeugte, daß Mion nicht Selbstmord begangen hatte, sondern ermordet worden war. Hätten die Umstände Ihnen erlaubt, an einen Selbstmord zu glauben, so wären Sie jetzt bereits verheiratet und hätten mich nie gebraucht. Sehr schön. So liegen die Dinge also. Was wollen Sie noch mehr? Sie wollten Klarheit haben. Ich habe sie Ihnen gegeben.«
Fred verzog kritisch den Mund.
»Ich glaube es nicht«, murrte Peggy düster.
»Sie glauben nicht an diese Erklärung?« Wolfe griff nach dem Schriftstück und legte es in seine Schreibtischschublade, was mir als weise Vorsichtsmaßnahme erschien, da es kurz vor neun Uhr war. »Glauben Sie, daß Miss James eine solche Erklärung unterschreiben würde, wenn sie nicht stimmte? Warum sollte –«
»Das meine ich nicht«, sagte Peggy. »Ich meine, ich glaube nicht, daß mein Mann sich selbst tötete, ganz egal, wo die Waffe lag. Dazu kannte ich ihn zu gut. Er hätte nie Selbstmord begangen – *nie.*« Sie drehte den Kopf, um zu ihrem Mitklienten aufzublicken. »Nicht wahr, Fred?«
»Schwer daran zu glauben«, stimmte Fred griesgrämig zu.
»Ich verstehe«, sagte Wolfe sarkastisch. »Dann war die Aufgabe, für die Sie mich engagierten, nicht so, wie Sie sie mir beschrieben. Zumindest müssen Sie zugeben, daß ich Sie im Hinblick auf die Waffe zufriedengestellt habe; da können Sie sich nicht herauswinden. Der Fall ist also erledigt, aber jetzt wollen Sie mehr. Sie wollen einen Mordfall gelöst haben, was zwangsläufig die Festnahme eines Mörders einschließt. Sie wollen –«
»Ich meine nur«, beharrte Peggy kläglich, »daß ich nicht glaube, daß er sich selbst tötete, und nichts kann mich davon abbringen. Ich weiß jetzt, was ich wirklich –«
Die Türglocke ging, und ich stand auf, um zu öffnen.

9

Unsere Klienten nahmen also an der Versammlung teil.
Es waren zehn Gäste gekommen: die sechs, die auch am Montag abend hier gewesen waren, die beiden Klienten, Inspektor Cramer und mein alter Freund und Feind, Sergeant Purley Stebbins. Das Ungewöhnliche dabei war, daß die Tölpelhafteste der Gesellschaft, Clara James, die einzige war, die wohl ahnte, worum es ging, wenn sie nicht auch ihren Vater eingeweiht hatte, was ich bezweifelte. Sie hatte den Vorteil, das Stichwort zu kennen, das ich ihr in der Churchill-Bar gegeben hatte. Adele Bosley, Dr. Lloyd, Rupert Grove, Richter Arnold und Gifford James hatten keinen Grund zu der Annahme, daß irgend etwas anderes auf der Tagesordnung stand als der Schadenersatzanspruch gegen James, bis sie erschienen und mit Inspektor Cramer und Sergeant Stebbins bekannt gemacht wurden. Gott allein wußte, was sie dann dachten; ein Blick auf ihre Gesichter genügte, um zu wissen, daß *sie* nichts ahnten. Was Cramer und Stebbins anbetraf, so kannten sie Wolfe gut genug, um zu wissen, daß die Fetzen fliegen würden, aber wessen Fetzen und wie und wann? Fred und Peggy dachten wahrscheinlich auch nach Ankunft der Gesetzeshüter, daß Wolfe Mion auf Selbstmord festnageln wollte, indem er Claras Erklärung vorlegen und enthüllen würde, was Fred uns über die Waffe, die er von der Büste auf den Boden legte, erzählt hatte. Das erklärte auch den verzweifelten, in die Enge getriebenen Ausdruck auf ihren Gesichtern. Aber jetzt saßen sie fest.
Wolfe fixierte Inspektor Cramer, der weiter hinten neben dem großen Globus saß, flankiert von Purley. »Wenn es Ihnen nichts ausmacht, Mr. Cramer, so möchte ich zuerst eine kleine Sache bereinigen, die außerhalb Ihres Interessenbereichs liegt.«
Cramer nickte und schob die Zigarre in den andern Mundwinkel. Er setzte seine wachsamen Augen in Bewegung.
Wolfe wechselte die Blickrichtung. »Ich bin sicher, daß Sie alle sehr erfreut darüber sein werden. Nicht, daß ich mein

Urteil, um Ihnen gefällig zu sein, abfaßte; ich betrachtete nur die wesentlichen Punkte des Falles. Ohne ihrer rechtlichen Lage gegenüber voreingenommen zu sein, scheint mir, daß Mrs. Mion, moralisch gesehen, keinen Anspruch gegen Mr. James hat. Wie ich bereits sagte, nimmt sie mein Urteil an. Sie erhebt keinen Anspruch und wird keine Schadenersatzzahlung fordern. Sie bestätigen das vor diesen Zeugen, Mrs. Mion?«

»Gewiß.« Peggy wollte noch etwas hinzufügen, hielt es aber zurück.

»Das ist wunderbar!« Adele Bosley schnellte von ihrem Stuhl hoch. »Darf ich das Telefon benutzen?«

»Später«, fauchte Wolfe sie an. »Setzen Sie sich, bitte.«

»Mir scheint«, bemerkte Richter Arnold, »daß man uns das auch telefonisch hätte mitteilen können. Ich mußte eine wichtige Besprechung absagen.« Rechtsanwälte sind doch nie zufriedenzustellen.

»Ganz richtig«, pflichtete Wolfe sanft bei. »Wenn das alles wäre. Aber es geht da noch um Mions Tod. Wenn ich –«

»Was hat denn das damit zu tun?«

»Das will ich Ihnen gerade erklären. Gewiß hängt es damit zusammen, da sein Tod, wenn auch indirekt, ein Resultat des Angriffs von Mr. James war. Aber mein Interesse geht darüber hinaus. Mrs. Mion beauftragte mich nicht nur, über den Schadenersatzanspruch gegen Mr. James zu entscheiden – was nun abgeschlossen ist –, sondern auch, den Tod ihres Mannes zu untersuchen. Sie war überzeugt, daß er nicht Selbstmord beging. Sie glaubt nicht, daß er so veranlagt war. Ich habe Ermittlungen angestellt, und ich bin bereit, ihr Bericht zu erstatten.«

»Dafür brauchen Sie uns doch nicht hier«, warf Rupert der Dicke in hohem Quiekton ein.

»Einen von Ihnen brauche ich. Den Mörder.«

»Aber Sie brauchen immer noch nicht *uns*«, schnappte Arnold barsch.

»Verdammt«, polterte Wolfe, »dann gehen Sie! Alle, bis auf einen. Gehen Sie!«

Niemand rührte sich.
Wolfe gab ihnen fünf Sekunden. »Dann will ich fortfahren«, meinte er trocken. »Wie ich sagte, ich bin bereit, Bericht zu erstatten, aber die Ermittlung ist noch nicht abgeschlossen. Eine wichtige Einzelheit erfordert eine amtliche Genehmigung, und deshalb ist Inspektor Cramer hier. Ich brauche weiterhin auch Mrs. Mions Einwilligung und halte es für nötig, auch Dr. Lloyd um Rat zu fragen, da er den Totenschein unterschrieben hat.« Er sah Peggy an. »Zuerst Sie, gnädige Frau. Geben Sie Ihre Einwilligung zu der Exhumierung der Leiche Ihres Mannes?«
Sie starrte ihn an. »Wozu?«
»Um den Beweis zu erbringen, daß er ermordet wurde, und durch wen. Damit kann mit Gewißheit gerechnet werden.«
Sie hörte auf, ihn anzustieren. »Ja. Es ist mir gleich.« Sie dachte wohl, er schwafelte nur daher, um sich selber reden zu hören.
Wolfes Augen schwenkten nach links. »Sie haben keine Einwände, Dr. Lloyd?«
Lloyd war verdutzt. »Ich habe keine Ahnung«, sagte er langsam und deutlich, »worauf Sie hinauswollen. Aber in jedem Fall kann ich mich nicht dazu äußern. Ich stellte lediglich den Totenschein aus.«
»Dann haben Sie also nichts dagegen. Mr. Cramer, den Grund für das Gesuch einer amtlichen Genehmigung erfahren Sie gleich, aber Sie sollten wissen, daß eine Untersuchung und ein Befund von Dr. Abraham Rentner vom Sinai-Hospital gefordert wird.«
»Sie bekommen nicht einfach eine Exhumierung bewilligt, nur weil Sie neugierig sind«, knurrte Cramer.
»Das weiß ich. Ich bin mehr als neugierig.« Wolfes Augen gingen hin und her. »Sie alle wissen, nehme ich an, daß die Polizei hauptsächlich wegen der Art seines Todes bei Mion auf Selbstmord schloß. Natürlich mußten auch die andern Einzelheiten stimmen – wie zum Beispiel das Vorhandensein der Waffe neben der Leiche –, und sie stimmten. Aber der entscheidende Faktor war die Annahme, daß ein Mann

nicht ermordet werden kann, indem man ihm den Lauf eines Revolvers in den Mund stößt und abdrückt, es sei denn, er wurde zuerst bewußtlos gemacht. Aber nichts deutete darauf hin, daß Mion entweder durch einen Schlag oder durch Drogen betäubt wurde, und außerdem ging die Kugel durch seinen Kopf in die Decke. Immerhin, wenn diese Annahme in der Regel vernünftig ist, so war dieser Fall sicherlich eine Ausnahme. Es fiel mir sofort auf, als Mrs. Mion mich zum ersten Mal aufsuchte. Denn es gab dort – aber ich will es Ihnen an einer einfachen Darstellung zeigen. Archie, besorgen Sie eine Waffe.«

Ich öffnete meine dritte Schreibtischschublade und zog eine Waffe hervor.

»Ist sie geladen?«

Ich schnippte sie zur Probe auf. »Nein, Sir.«

Wolfe wandte sich wieder an seine Zuhörerschaft. »Ich denke, Sie, Mr. James. Als Opernsänger sollten Sie in der Lage sein, Bühnenanweisungen zu folgen. Stehen Sie bitte auf. Dieses ist eine ernste Sache, machen Sie es also richtig. Sie sind ein Patient mit einem entzündeten Hals, und Mr. Goodwin ist Ihr Arzt. Er wird Sie bitten, den Mund zu öffnen, so daß er in Ihren Hals sehen kann. Sie sollen genau das tun, was Sie gewöhnlich unter diesen Umständen tun würden. Wollen Sie das tun?«

»Aber das ist doch bekannt.« James war aufgestanden und starrte ihn grimmig an. »Dazu brauchen Sie mich nicht.«

»Dennoch, tun Sie mir den Gefallen. Es gibt dabei eine gewisse Kleinigkeit. Wollen Sie es so natürlich wie möglich machen?«

»Ja.«

»Gut. Beobachten Sie bitte alle Mr. James' Gesicht. Ganz genau. Fangen Sie an, Archie.«

Die Waffe in meiner Tasche, stellte ich mich vor James hin und bat ihn, den Mund weit zu öffnen. Er tat es. Einen Augenblick lang begegneten seine Augen den meinen, als ich in seinen Hals linste, dann verdrehten sie sich nach oben. Ohne Eile zog ich die Waffe aus meiner Tasche und steckte sie in seinen Mund, bis sie den oberen Gaumen kitzelte. Er zuckte zurück und ließ sich in seinen Stuhl fallen.

»Sahen Sie die Waffe?« fragte Wolfe.

»Nein. Meine Augen waren nach oben gerichtet.«

»Genau.« Wolfe sah die andern an. »Sie beobachteten, wie seine Augen sich nach oben verdrehten? Das ist immer so. Versuchen Sie es selbst einmal. Ich probierte es Sonntag abend in meinem Schlafzimmer. Es ist also keineswegs unmöglich, einen Menschen auf diese Weise zu töten; es ist noch nicht einmal schwierig, wenn Sie sein Arzt sind und sein Hals nicht in Ordnung ist. Geben Sie mir recht, Dr. Lloyd?«

Lloyd hatte sich dem allgemeinen Tumult, James' Gesicht während meines kleinen Manövers zu beobachten, nicht angeschlossen. Er hatte keinen Muskel gerührt. Jetzt zuckte sein Kiefer ein wenig, aber das war alles.

Er tat sein Bestes, um ein Lächeln zustande zu bringen. »Darzustellen, daß so etwas geschehen kann«, begann er mit recht fester Stimme, »ist nicht dasselbe wie zu beweisen, daß es so geschehen ist.«

»Das stimmt«, räumte Wolfe ein. »Obgleich wir wirklich mit ein paar Punkten aufwarten können. Sie haben kein gültiges Alibi. Mion hätte Sie fraglos jederzeit in sein Studio gelassen. Es wäre für Sie ein leichtes gewesen, die Waffe vom Sockel der Caruso-Büste zu nehmen und sie unbemerkt in Ihre Tasche gleiten zu lassen. Für Sie, und für keinen andern, hätte er auf Ihre Bitte hin mit weit offenem Mund dagestanden und so sein Verderben heraufbeschworen. Er wurde getötet, kurz nachdem Sie gezwungen wurden, für ihn eine Verabredung mit Dr. Rentner für eine Untersuchung zu treffen. Diese Tatsachen haben wir, stimmt's?«

»Sie beweisen gar nichts«, beharrte Lloyd. Diesmal war seine Stimme weniger fest. Er erhob sich. Es sah nicht so aus, als ob diese Bewegung einen bestimmten Zweck verfolgte; offensichtlich konnte er einfach nicht ruhig auf seinem Stuhl sitzen bleiben, und seine Muskeln hatten sich selbständig gemacht. Aber das war sein Verhängnis, denn jetzt, aufrecht

stehend, begann er zu zittern.
»Sie sind sehr nützlich«, erklärte Wolfe ihm, »wenn wir noch eine weitere Tatsache hinzubekommen, und ich vermute, wir bekommen sie – oder weshalb zittern Sie so? Was war es, Doktor? Irgendein unglückseliger Schnitzer? Hatten Sie die Operation verpfuscht und seine Stimme für immer ruiniert? Ich nehme an, das war es, da die Bedrohung für Ihren Ruf und Ihre Karriere ernst genug war, um Sie Zuflucht zu einem Mord nehmen zu lassen. Doch das werden wir bald erfahren, wenn Dr. Rentner sein Gutachten abgeben wird. Ich erwarte nicht von Ihnen, daß Sie uns –«
»Es war kein Schnitzer!« quietschte Lloyd protestierend. »Es hätte jedem passieren können . . .«
Und damit war er in die Falle gegangen. Ich glaube, was ihn seinen Kopf völlig verlieren ließ, war der Klang seiner eigenen Stimme, ein hysterisches Quietschen, das er nicht ändern konnte. Er machte einen Satz zur Tür. Ich schlug Richter Arnold nieder bei meinem Hechtsprung durch das Zimmer, der unnötig war, denn als ich ankam, hatte Purley Stebbins Lloyd bereits am Kragen, und Cramer leistete Hilfestellung. Hinter mir spürte ich eine Bewegung, und ich drehte mich um. Clara James hatte sich auf Peggy Mion gestürzt und schrie etwas, was mir entging. Aber ihr Vater und Adele Bosley hatten sich ihr in den Weg gestellt und hielten sie fest. Richter Arnold und Rupert der Dicke bestätigten Wolfe voller Begeisterung, wie fabelhaft er sei. Peggy schluchzte anscheinend, was ich aus der Art, wie ihre Schultern zuckten, entnahm. Ihr Gesicht konnte ich nicht sehen, denn sie barg es an Freds Schulter, und er hielt sie fest in seinen Armen.
Mich wollte und brauchte niemand, deshalb ging ich in die Küche, um mir ein Glas Milch zu genehmigen.

Ein Zeuge verstummt

1

Ich bin aus Prinzip gegen weibliche Detektive. Zwar ist es nicht immer und überall ein hartes Spiel, aber meistens doch, und es gibt keinen Platz für die freundlichen Gefühle und hübschen Regungen. Deshalb muß eine Detektivin eine gute, dicke Haut haben, und die zu streicheln wäre nicht mein Fall. Wenn sie sie nicht hat, ist sie geneigt, gerade dann, wenn Kaltblütigkeit und starke Nerven verlangt werden, schlappzumachen, und in dem Fall gehörte sie nicht zur Zunft.

Immerhin gibt es Gelegenheiten, wo man ein Prinzip auf Urlaub schicken sollte, und das damals war so eine. Von den sieben Privatdetektiven, die sich im Zimmer versammelt hatten, waren zwei Frauen, die in einer Ecke zusammenhockten. Theodolinda (Dol) Bonner, ungefähr in meinem Alter, mit echten langen schwarzen Wimpern, die einen geschwungenen Baldachin für ihre bernsteinfarbenen Augen bildeten, leitete ihre eigene Agentur seit mehreren Jahren als zugelassene Detektivin und hielt sich wacker. Sicher hatte sie ihr gutgeschnittenes und gutsitzendes braunes Tweedkostüm von Bergdorfs gekauft und die Nerzjacke wahrscheinlich ebenfalls. Ich kannte sie schon von früher, aber den Namen ihrer Begleiterin, Sally Colt, wußte ich nur, weil die Mitglieder der kleinen Versammlung sich bei der Begrüßung auf Vorschlag von Jay Kerr hin vorgestellt hatten.

Ich verließ meinen Stuhl, strebte auf die Ecke zu, wurde mit zwei Augenaufschlägen bedacht und sagte: »Miss Colt? Ich weiß nicht, ob Sie meinen Namen verstanden haben. Archie Goodwin.«

»Ja, natürlich«, versicherte sie. Ihre Haut sah nicht hartgesotten aus, auch ihre Stimme klang nicht so. Sie war im richtigen Alter, um meine jüngere Schwester zu sein, aber ich hatte keine sonderliche Verwendung für Schwestern. Ihr Wollkleid und ihr Kamelhaarmantel stammten nicht von Bergdorfs, aber mir waren Klamotten von Bergdorfs sowieso egal.

Ich sah auf meine Armbanduhr und schlug vor: »Es ist Viertel nach elf und nicht abzusehen, wie lange sie uns noch warten lassen. Ich habe unten ein Imbißbüfett gesehen, und ich will für die Gesellschaft Kaffee holen gehen, wenn Sie mir tragen helfen. Ist Ihnen nicht nach Kaffee zumute, Miss Bonner?«

Miss Colt schaute Miss Bonner, ihre Arbeitgeberin, an, und Miss Bonner nickte ihr zu und erklärte mir dann, daß es eine fabelhafte Idee sei. Ich drehte mich um, fragte mit erhobener Stimme, ob jemand Kaffee wünsche, und erhielt keine Absage. Sally Colt stand auf, und wir beide machten uns auf den Weg.

Mir war bestimmt nach Kaffee zumute. Außerdem hatte mir das Aussehen und Benehmen von Miss Colt den Eindruck vermittelt, daß es wohl einen kleinen Fehler in meiner Einstellung zu weiblichen Detektiven geben mochte, und ich wollte das überprüfen. Aber hauptsächlich brauchte ich eine Erholungspause von Nero Wolfes Anblick, den ich noch nie mit so säuerlichem Gesicht gesehen hatte. Die Tatsache, daß man ihn aufs äußerste gereizt hatte, machte ihn auch nicht anziehender. Es war eine sehr traurige Geschichte. Der Skandal der Telefon-Mithörer hatte die Aufmerksamkeit auf verschiedene Punkte des Privatdetektiv-Berufs gelenkt, nämlich, daß 590 von ihnen durch den Innenminister des Staates New York konzessioniert waren; daß von den 590 Detektiven 432 in New York City lebten; daß Bewerber für Lizenzen keine schriftlichen Prüfungen abzulegen brauchten und daß keine offizielle Nachforschung über ihre Vergangenheit durchgeführt wurde; daß das Ministerium keine Ahnung hatte, wie viele Detektive bei den konzessionierten Detektiven angestellt waren, da die Angestellten überhaupt keine Lizenz benötigten, und so weiter und so fort.

Deshalb beschloß der Innenminister, eine Untersuchung durchzuführen. Die gesamten 590 Detektive wurden zu einer Befragung vorgeladen, die besonders über die Telefonmithör-Vorfälle, falls solche in Betracht kamen, und im allgemeinen über die ganze Organisation Aufklärung geben sollte. Wolfe und ich hatten beide eine Lizenz und wurden deshalb beide vorgeladen. Das war natürlich ärgerlich, aber da wir 588 Leidensgefährten hatten, hätte er seine Reaktion auf ein paar Dutzend Brummer und Knurrer beschränken können, wenn nicht zwei Dinge gewesen wären. Erstens wurde die Untersuchung teilweise in New York und teilweise in Albany abgehalten, und man hatte uns nach Albany geladen. Sein Gesuch, es nach New York zu verlegen, war nicht beachtet worden. Zweitens hatte der einzige Leitungsanzapf-Vorfall, bei dem er je seine Hand im Spiel gehabt hatte, wenig zu seinem Ruhm und verdammt wenig zu seinem Bankkonto beigetragen, und er wollte nicht daran erinnert werden.

Deshalb, als an jenem Wintermorgen um fünf Uhr Fritz ihm das Frühstück auf sein Zimmer gebracht hatte, und ich mitgekommen war, um ihm zu berichten, daß das Wetter die Fahrt im Wagen gestattete und er sich nicht den Gefahren einer Bahnfahrt auszusetzen brauchte, war unser Boß in so tiefe Schwermut versunken, daß er nicht einmal knurrte. Auf der ganzen vierstündigen Fahrt nach Albany saß er im Fond der Limousine, wie üblich, damit er, falls es einen Zusammenstoß gab, nicht durch die Windschutzscheibe sauste, und äußerte keine zwanzig Worte; und als ich ihn auf die Vorzüge der neuen Schnellverkehrsstraße, die er vorher noch nicht gesehen hatte, aufmerksam machte, schloß er die Augen. Wir erreichten das Gebäude in Albany, das man uns angegeben hatte, um 9 Uhr 55, fünf Minuten vor der angegebenen Zeit, waren in ein Zimmer im 3. Stock geführt worden, und man hatte uns geheißen zu warten. Dort hatte sich natürlich kein passender Stuhl für Wolfes massiven Wanst befunden. Er hatte einen Blick um sich geworfen, zu den bereits Anwesenden »Guten Morgen« gekrächzt, hatte sich einen Stuhl an der gegenüberliegenden Wand ausgesucht, sich dort niedergelassen und eineinviertel Stunden geschmollt.

Ich muß zugeben, daß den fünf andern auch nicht sehr festlich zumute war. Als Jay Kerr beschloß, die gesellige Stimmung zu heben, ließ er die Namen die Runde machen. Damit erschöpfte sich sein Versuch, obgleich wir alle Mitglieder des V.K.P.D.S.N.Y. – des Verbandes der Konzessionierten Privat-Detektive des Staates New York - waren; außer natürlich Sally Colt, die bloß eine angestellte Detektivin war.

Jay Kerr, ein halb glatzköpfiges, rundliches Männchen mit randloser Brille, war offensichtlich bemüht, die Leute ein wenig zusammenzubringen, nachdem er so oft dazu beigetragen hatte, die Menschen auseinanderzubringen. Er und seine Boys hatten mehr Ehemänner im Auftrag ihrer Frauen und Ehefrauen im Auftrag von Ehemännern beschattet als jedes andere Unternehmen im Stadtgebiet. Harland Ide, lang aufgeschossen und dürr, mit ergrauten Schläfen, einer langen Hakennase, wie ein Bankier aufgezäumt, war auch in der Branche gut bekannt, aber mit einem Unterschied. Er war ein alter Hase vom Fach mit einem anspruchsvollen Ruf, und es wurde behauptet, daß er mehr als einmal vom FBI um Rat gefragt worden war, aber ich möchte nicht dafür einstehen. Über den dritten, Steve Amsel, war ich nicht so im Bilde, da ich nur hier und dort ein paar zufällige Bemerkungen über ihn gehört hatte, als er vor einigen Jahren von Larry Bascom entlassen wurde, sich selbst eine Lizenz verschaffte und im Stadtzentrum ein Büro mietete. Bascom, der eine der besten Agenturen der Stadt unterhält, hatte irgend jemandem erzählt, daß Amsel kein einsamer Adler, sondern ein einsamer Habicht sei. Er war klein, dunkelhaarig und sehr gepflegt, mit flinken schwarzen Augen, die immer auf der Suche nach einem Landeplatz hin und her schossen; und er war wahrscheinlich nicht so jung, wie er aussah. Als Sally Colt und ich Kaffee holen gingen, stand er auf, um uns seine Hilfe anzubieten, änderte aber dann seine Absicht.

Unten am Büfett, während wir auf den Kaffee warteten, empfahl ich Sally, die Ruhe zu bewahren. »Falls Sie und Ihre Chefin wegen eines Mithör-Streiches festgenommen werden sollten, rufen Sie nur Mr. Wolfe an, er überträgt es mir, und ich biege es schon hin. Gratis. Kollegiale Höflichkeit.«

»Das ist aber nett.« Sie hielt den Kopf so geneigt, daß ich den besten Blickwinkel auf die Linie unterhalb ihres Ohres bis zum Kinn hatte, und die war beachtlich. Sie wollte zeigen, daß sie nicht nur ein anziehendes Mädchen war, sondern auch warmherzig und hilfsbereit. »Ich erwidere Ihr Angebot. Falls Sie und Ihr Chef geschnappt werden, rufen Sie Miss Bonner an. Meine Chefin übertrifft den Ihren noch.«

»Das ist der richtige Kampfgeist«, lobte ich. »Diensttreue oder Untergang. Sie bekommen noch eine Extra-Belohnung. Ich nehme an, Ihre persönliche Spezialität liegt darin, das Individuum in einen Winkel der Peacock Alley zu lotsen und es ihm abzuschmeicheln. Falls Sie jemals den Wunsch haben, es bei mir zu versuchen, werde ich es wohlwollend in Erwägung ziehen, aber ich bin nicht leicht zu bezaubern.«

Sie hob ihren Kopf, um mir in die Augen zu sehen. Die ihren waren dunkelblau. »Sie mögen ein wenig abgebrüht sein«, sagte sie. »Es könnte eine ganze Stunde dauern, bis man Sie soweit hat.«

Der Kaffee kam, und wir wurden unterbrochen. Als wir den Fahrstuhl erreichten, hatte ich inzwischen eine Erwiderung parat – einen Bombentreffer –, aber wir waren nicht allein, und ich mußte ihn aufsparen, und im Zimmer mit unseren ganzen Kollegen konnte ich ihn auch nicht anbringen. Sie bediente Nero Wolfe zuerst, und ich bediente Dol Bonner. Nachdem die andern versorgt waren, gesellte ich mich zu den Damen in der Ecke; aber ich wollte Sally nicht vor ihrer Chefin herunterputzen, so erörterten wir lediglich, wie lange man uns wohl noch warten ließe. Das war bald geklärt – jedenfalls für mich. Mein Pappbecher war noch voll Kaffee, als ein Mann eintrat und verkündete, daß Nero Wolfe und Archie Goodwin gewünscht wurden. Wolfe seufzte tief auf, so daß alle es hörten, stellte seinen Pappbecher auf einen Stuhl, erhob sich und steuerte auf die Tür zu, und ich folgte ihm, während hinter uns Gemurmel einsetzte. Der Mann führte uns zwanzig Schritte den Korridor entlang, öffnete

eine Tür, trat ein und winkte uns, ihm zu folgen. Das Personal des Innenministers hatte zweifelsohne Unterricht im Benehmen nötig.
Es war ein mittelgroßer Raum mit drei breiten Fenstern, alle wetterbeschmutzt. In der Mitte stand ein ausladender Nußbaumtisch, von Stühlen umgeben, und an der Wand standen ein Schreibtisch, ein kleinerer Tisch und weitere Stühle. Der Mann, der an dem einen Ende des großen Tisches mit einem Stapel Akten zu seiner Rechten saß, wies uns Stühle zu seiner Linken an. Derjenige, der uns hergeführt hatte, schloß die Tür und setzte sich auf den nächsten Stuhl an der Wand.
Der Mann am Tisch musterte uns, weder herzlich noch feindselig. »Ich denke, es gibt keinen Zweifel über Ihre Person«, sagte er zu Wolfe, womit er entweder meinte, daß dieser so berühmt war, oder daß kein anderer so groß und fett sein konnte. Er warf einen Blick auf ein Aktenstück, das aufgeschlagen vor ihm lag. »Ich habe hier Ihre Erklärungen, die Ihre und die von Mr. Goodwin. Ich glaube, es geht schneller, wenn ich Sie zusammen vornehme. Ich bin Albert Hyatt, der Sonderbeauftragte des Innenministers für diese Untersuchung. Das Verfahren ist inoffiziell und wird es bleiben, falls nicht besondere Umstände auftauchen, die ein formelles Protokoll verlangen.«
Ich betrachtete ihn eingehend. So um die vierzig Jahre alt, war er glatt von oben bis unten – glatte gesunde Haut, glattes schwarzes Haar, glatte angenehme Stimme, glattes lebhaftes Benehmen und einen glatten grauen Gabardineanzug. Ich hatte mich natürlich über die beiden Abgeordneten, die die Untersuchung durchführten, genauestens erkundigt und hatte Wolfe berichtet, daß dieser Hyatt Teilhaber einer großen Anwaltsfirma war, die ihre Büros im Zentrum von New York hatte, daß er sich ziemlich viel mit Politik abgegeben hatte, daß er einen guten Ruf als Verteidiger hatte, was bedeutete, daß er Leute gerne ausfragte, und daß er Junggeselle war.
Er warf wieder einen Blick in die Akte. »Im April vergangenen Jahres trafen Sie Vorkehrungen, um die Privatleitung

von Otis Ross in seiner Wohnung in der 83. Straße in Manhattan, New York City, anzuzapfen. Ist das richtig?«
»Das habe ich dargelegt«, räumte Wolfe verdrießlich ein.
»Allerdings. Unter welchen Umständen kamen Sie dazu?«
Wolfe hob einen Finger, um auf die Akte zu weisen. »Falls meine und Mr. Goodwins Erklärung vor Ihnen liegt, finden Sie dort alles.«
»Ja, das hier ist Ihre Erklärung, aber ich möchte es gerne aus Ihrem Munde hören. Beantworten Sie bitte die Frage.«
Wolfe setzte zu einer Grimasse an, erkannte, daß es damit auch nicht besser würde, und unterdrückte sie. »Am 5. April suchte mich ein Mann in meinem Büro auf, gab seinen Namen als Otis Ross an und äußerte den Wunsch, seinen Privatanschluß abhören zu lassen. Ich erklärte ihm, daß ich mich niemals mit Eheschwierigkeiten befaßte. Er versicherte mir, daß es nichts mit Eheangelegenheiten zu tun habe, daß er Witwer sei und verschiedenen Geschäften und finanziellen Interessen nachgehe, die er von seiner Wohnung aus leite. Seit kurzem habe er seinen Sekretär im Verdacht, doppeltes Spiel zu treiben. Er sei häufiger ein bis zwei Tage unterwegs und wolle herausfinden, ob sein Argwohn gegen seinen Sekretär begründet sei, und zu diesem Zweck wolle er seine Telefongespräche abhören lassen.«
Wolfe preßte die Lippen zusammen. Er haßte es, an diese Geschichte erinnert zu werden, und erst recht, sie wiederzuerzählen. Eine Sekunde lang dachte ich, er wollte bockbeinig werden, aber er fuhr fort: »Ich wußte natürlich, daß es gesetzlich zulässig war, wenn ein Mann seinen eigenen Anschluß anzapfen ließ, aber ich lehnte den Auftrag auf Grund meiner mangelnden Erfahrung auf diesem Gebiet ab. Mr. Goodwin, der, wie immer, bei Besprechungen in meinem Büro dabei war, warf ein, daß er einen Mann kenne, der die technische Seite übernehmen könnte. Er machte seinen Einwurf aus zwei Gründen: erstens wegen der Ablenkung, die eine Neuheit wie ein Leitungsanzapfen ihm persönlich bieten würde, und zweitens hält er es für notwendig, mich anzutreiben, Honorare zu verdienen, wobei ich Aufträge an-

nehmen soll, die ich lieber abweisen würde. Ich gestehe, daß er manchmal recht damit hat. Wollen Sie, daß er das jetzt bestätigt?«

Hyatt schüttelte den Kopf. »Wenn Sie fertig sind. Fahren Sie fort.«

»Sehr gut. Mr. Ross legte tausend Dollar in bar auf meinen Schreibtisch – zehn Hundertdollarscheine – als Vorschuß für die Auslagen. Er sagte, er könnte nicht per Scheck zahlen, da sein Sekretär nicht erfahren solle, daß er mich beauftragt habe, und aus demselben Grunde sollten keine Berichte oder andere Schriftstücke an ihn geschickt werden; er werde sie aus meinem Büro abholen oder andere Vereinbarungen treffen, sie zu erhalten. Ich sollte ihn auch nicht unter seiner Privatnummer anrufen, weil er argwöhnte, daß sein Sekretär sich gelegentlich für ihn selbst am Telefon ausgab. Deshalb wünschte er Berichte über alle Gespräche auf seiner Leitung, da, wenn man ihn selber am Apparat glaubte, es in Wirklichkeit sein Sekretär sein konnte.«

Wolfe kniff wieder die Lippen zusammen. Er mußte es förmlich aus sich herauspressen. »Natürlich war nicht nur meine Neugierde geweckt worden, sondern auch mein Verdacht. Es wäre zwecklos gewesen, ihn nach Ausweisen über seine Person zu bitten, da Ausweise gefälscht oder gestohlen sein können, deshalb sagte ich ihm, daß ich mich in gutem Glauben auf seine Angaben verlassen müßte. Ich schlug vor, daß Mr. Goodwin ihn bei sich zu Hause aufsuchen sollte. Sie brauchen mir nicht zu sagen, wie sinnlos dieser Vorschlag war; ich habe es mir selbst gesagt. Er willigte sofort ein, denn so etwas hatte er natürlich erwartet. Er stellte nur die Bedingung, es auf eine Zeit zu legen, wenn sein Sekretär nicht im Hause sei, da er – das heißt, sein Sekretär – Mr. Goodwin möglicherweise erkennen könnte. Es wurde eine Vereinbarung getroffen. Um neun Uhr an jenem Abend ging Mr. Goodwin zu der Adresse in der 83. Straße und nach oben in Mr. Ross' Wohnung. Er nannte dem Dienstmädchen, das ihn einließ, einen Namen – ein Pseudonym, auf das man sich geeinigt hatte, und fragte nach Mr. Ross.

Sie führte ihn ins Wohnzimmer, wo er meinen Klienten unter einer Lampe mit einem Buch antraf.«

Wolfe trommelte mit der Fingerspitze auf der Tischplatte. »Ich bezeichne ihn absichtlich als ›meinen Klienten‹, weil ich die Schmach verdient habe – verwünscht – er *war* mein Klient! Nachdem Mr. Goodwin sich mit ihm zehn Minuten lang unterhalten hatte, kehrte er zurück und erstattete Bericht; und es wurde beschlossen, mit dem Unternehmen fortzufahren. Mr. Goodwin setzte sich am selben Abend mit einem Bekannten in Verbindung, und es wurden Vorkehrungen für den nächsten Morgen getroffen. Wollen Sie Einzelheiten darüber hören?«

»Nein, das können Sie übergehen.« Hyatt strich mit der Hand über sein weiches dunkles Haar. »Es steht in Goodwins Erklärung.«

»Ich weiß sowieso kaum etwas darüber. Die Leitung wurde angezapft, und Mr. Goodwin hatte sein neues Spielzeug. Er konnte ihm nicht viel Zeit widmen, da ich ihn mehr oder weniger fortgesetzt im Büro brauche, und die von dem Techniker gestellten Leute erledigten meistens das Abhören. Ich sah mir noch nicht einmal die Berichte an, die sich Mr. Ross täglich aus meinem Büro abholte – zu einer Zeit, wo ich oben zu tun hatte und ihn somit nicht sah. Am fünften Tag bat Mr. Goodwin ihn um weitere tausend Dollar und erhielt sie in bar. Mir blieb sehr wenig davon, nachdem ich die Kosten der Außer-Haus-Zapfstelle und deren Unterhalt bezahlt hatte. Sie wissen, was eine Außer-Haus-Zapfstelle ist?«

»Gewiß. Praktisch wird jedes ungesetzliche Mithören ›außer Haus‹ durchgeführt.«

»Das kann sein.« Wolfe breitete die Hand aus. »Aber ich wußte nicht, daß sie ungesetzlich war, bis zum achten Tag des Unternehmens. Am 13. April verbrachte Mr. Goodwin zwei Stunden an dem Ort, wo die Leitung angezapft wurde, und hörte Mr. Ross persönlich am andern Ende der Leitung bei einer langen Unterhaltung. Ob es wirklich Mr. Ross war oder der Sekretär, der seine Rolle spielte – auf jeden Fall hatte die Stimme so wenig Ähnlichkeit mit der unseres Klienten, um Mr. Goodwins Interesse zu wecken. Aus den Berichten, die er gelesen und unserem Klienten weitergegeben hatte, hatte er eine Menge über Mr. Ross' Interessen und Betätigungen erfahren – zum Beispiel, daß er kürzlich vom Gouverneur zum Vorsitzenden des ›Wohltätigkeits-Fonds-Untersuchungs-Komitees‹ ernannt worden war. Goodwin machte sich auf zu einer Telefonzelle, rief Mr. Ross an, hörte dieselbe Stimme, erzählte ihm, daß er ein Zeitungsreporter von der *Gazette* sei, traf mit ihm eine Verabredung, begab sich zu der Adresse in der 83. Straße, sah ihn und sprach mit ihm. Er sah ebenfalls den Sekretär. Keiner von beiden war unser Klient. Ich war geblufft worden.«

Wolfe spuckte Gift und Galle. »Alles Bluff«, stieß er bitter hervor. »Mr. Goodwin kam nach Hause und erstattete mir Bericht, und wir betrachteten die Lage. Wir beschlossen zu warten, bis der Klient am Nachmittag wie gewöhnlich um halb sechs kam, um sich seinen täglichen Bericht abzuholen – obgleich wir natürlich die Anzapfstelle sofort abbliesen. Wahrscheinlich bestand keine andere Möglichkeit, als ihn der Polizei mit einem vollständigen Rechenschaftsbericht über meine Albernheit zu übergeben, aber das konnte ich erst, wenn ich ihn in den Fingern hatte.«

Wolfe schluckte wieder. »Und er kam nicht. Ich weiß nicht, warum. Ob er irgendwie Wind davon bekommen hatte, daß wir die Anzapfstelle aufgegeben hatten oder daß Mr. Goodwin Mr. Ross aufgesucht hatte – aber Spekulationen sind nutzlos. Er erschien nicht. Er kam nie wieder. Einen Monat lang verbrachte Mr. Goodwin seine Zeit, für die ich zahle, damit, ihn ausfindig zu machen, ohne Erfolg. Mr. Goodwin ist ein höchst befähigter und erfindungsreicher Mann. Auch das Dienstmädchen, das ihn in die Wohnung gelassen hatte, konnte er nicht auftreiben. Als eine Woche ergebnislos verstrichen war, bat ich Mr. Ross, ihn aufsuchen zu dürfen. Das tat ich und erzählte ihm die ganze Geschichte. Er war natürlich sehr erregt, aber nach einer Aussprache gab er zu, daß es keinen Zweck hatte, die Behörden zu benachrichtigen, ehe ich den Schuldigen fand. Mr. Goodwin war bei mir, und zusammen gaben wir ihm eine erschöpfende Beschreibung unseres Klienten, aber er konnte ihn nicht identifizieren. Das Dienstmädchen war erst seit kurzem in seinem Dienst gewesen, war ohne Kündigung gegangen, und er wußte nichts über sie.«

Wolfe hielt inne, seufzte tief und stieß die Luft pfeifend aus. »Das ist es. Nach einem Monat konnte Mr. Goodwin nicht länger seine ganze Zeit darauf verwenden, da er andere Pflichten hatte, aber er hat jenen Klienten keineswegs vergessen, und ich auch nicht. Das werden wir nie.«

»Das kann ich mir vorstellen.« Hyatt lächelte. »Ich kann Ihnen ebensogut sagen, Mr. Wolfe, daß ich persönlich Ihrer Erzählung Glauben schenke.«

»Ja, Sir. Das können Sie auch.«

»Ich hoffe es. Aber natürlich erfassen Sie ihre Schwächen. Niemand außer Ihnen und Mr. Goodwin sah jemals diesen Ihren Klienten. Kein anderer weiß, was zwischen Ihnen geschehen war, und Sie können ihn nicht finden und nicht identifizieren. Offen gesagt, falls Sie wegen ungesetzlichen Abhörens innerhalb des Fernmeldewesens angezeigt würden und wenn der District Attorney gegen Sie vorginge und Sie vor Gericht kämen, wäre es gut möglich, daß man Sie verurteilt.«

Wolfes Brauen hoben sich um einen Millimeter. »Falls das eine Drohung ist, was schlagen Sie vor? Sollte es lediglich ein Vorwurf sein, so habe ich ihn verdient und mehr. Kanzeln Sie mich ab, wie Sie wollen.«

»Sie verdienen es«, stimmte Hyatt zu. Er lächelte wieder. »Ich würde es auch gerne tun, aber ich will davon absehen. Ich glaube, ich habe eine Überraschung für Sie, und ich wollte nur Ihre Bekanntschaft machen, bevor ich sie Ihnen vorsetze.« Sein Blick glitt zu dem Mann an der Wand. »Corwin, drüben in Zimmer 38 sitzt ein Mann. Bringen Sie ihn her.«

Corwin stand auf, verschwand und ließ dabei die Tür offen. Man hörte seine schweren Schritte im Korridor, das Öffnen einer Tür, dann wieder Schritte, sehr viel leiser, darauf eine kurze Stille und dann seine Stimme, die rief: »Mr. Hyatt! Kommen Sie!«

Es war mehr ein Kläffen als ein Rufen. Es klang, als ob ihm jemand die Kehle zudrückte. Als Hyatt aufsprang und auf die Tür zustrebte, setzte ich mich auch in Bewegung, folgte ihm ein paar Schritte den Korridor entlang bis zu einer offenen Tür und in das Zimmer. Ich stand knapp hinter ihm, als er neben Corwin am hintersten Ende eines Tisches stehenblieb, um auf einen Mann am Boden zu starren. Der Mann war nicht in der Verfassung, den Blick zu erwidern. Er lag auf dem Rücken, seine gestreckten Beine bildeten beinahe ein V, er war gut gekleidet, einschließlich einer Krawatte, nur lag die Krawatte nicht unter seinem Hemdkragen. Sie war eng um seinen Hals geknotet. Trotz seines purpurn angelaufenen Gesichts, seiner hervortretenden Augen und der herausgestreckten Zunge erkannte ich ihn sofort. Corwin und Hyatt, die ihn anstierten, wußten wahrscheinlich nichts von meiner Anwesenheit, und in einer Sekunde war ich verschwunden. Zurück im andern Zimmer, wo Wolfe finster blickend am Tisch saß, erklärte ich ihm: »Es ist bestimmt eine Überraschung. Unser Klient liegt dort auf dem Boden. Jemand hat ihm die Krawatte zu stramm gebunden, und er ist tot.«

2

Ich hatte natürlich gewußt, daß jener Kerl einen Dolch mitten in Wolfes Selbstachtung gestoßen hatte, aber ich hatte keine Ahnung, wie tief dieser saß, bis zu jenem Augenblick. Offensichtlich hatten Wolfes Ohren, nachdem ich sagte, unser Klient befinde sich dort drinnen, den Dienst verweigert. Er hievte sich aus seinem Stuhl, machte einen Schritt auf die Tür zu, blieb stehen, drehte sich um und glotzte mich an.

»Oh«, sagte er und kam wieder zu sich. »Tot?«

»Richtig. Erdrosselt.«

»Es würde keine Befriedigung sein, ihn tot zu sehen.« Er starrte auf die Tür, dann auf mich, setzte sich, legte seine Hände flach auf die Tischplatte und schloß die Augen. Nach einer Weile öffnete er sie. »Dieser verwünschte Kerl«, murrte er. »Als er noch am Leben war, hat er mich hintergangen, und jetzt ist er tot und bringt mich in Gott weiß was für Schwierigkeiten. Wenn wir vielleicht gingen . . . aber nein. Ich kann nicht mehr denken vor Zorn.« Er erhob sich. »Kommen Sie.« Er startete in Richtung Tür.

Ich stellte mich vor ihn hin. »Nur keine Hast. Ich möchte auch nach Hause, aber Sie wissen verdammt gut, daß wir nicht kneifen können.«

»Das weiß ich in der Tat. Aber ich möchte mal einen Blick auf die Kollegen werfen. Kommen Sie.«

Ich trat zur Seite und überließ ihm die Führung den Korridor entlang und in das Zimmer, aus dem wir gekommen waren. Ich trat hinter ihm ein und schloß die Tür. Die zwei weiblichen Wesen saßen immer noch in ihrer Ecke, aber die drei Männer hatten sich zu einer Gruppe zusammengeschlossen, und offensichtlich war das Eis gebrochen. Alle drehten sich nach uns um, und Jay Kerr rief aus: »Was, immer noch auf freiem Fuß? Wie ist er?«

Wolfe musterte sie alle. Ich ebenfalls. Bis jetzt gab es noch keinen besonderen Grund zu der Annahme, daß einer von ihnen die Krawatte unseres Klienten zusammengezogen hatte, aber der Klient hatte fraglos mit der Leitungsanzapferei in Verbindung gestanden, und sie alle waren vorgeladen worden, um über diesen Punkt auszusagen. Deshalb musterten wir sie, Wolfe und ich. Keiner von ihnen zitterte oder wurde blaß oder leckte sich die Lippen oder bekam einen Anfall.

Wolfe hielt eine kleine Ansprache. »Ladies und Gentlemen, wir sind Mitglieder derselben Berufsorganisation, und daher könnten Sie von mir erwarten, jede Information über eine uns gemeinsam betreffende Angelegenheit mit Ihnen zu teilen. Aber ich habe gerade von einem Ereignis in diesem Gebäude heute morgen erfahren, das Mr. Goodwin und mir

Unannehmlichkeiten und möglicherweise ernstliche Schwierigkeiten bereiten wird. Ich glaube nicht, daß einer von Ihnen darin verwickelt ist, aber es könnte so sein; sind Sie es nicht, gewinnen Sie nichts, es jetzt von mir zu hören, also überlasse ich es andern, Ihnen davon zu berichten. Sie brauchen nicht lange zu warten. In der Zwischenzeit verstehen Sie bitte, daß ich Sie nicht beleidigen will, wenn ich Sie alle scharf ansehe. Ich bin lediglich an der Möglichkeit interessiert, daß einer von Ihnen darein verwickelt *ist.* Falls Sie –«

»Was zum Teufel?« schnaubte Steve Amsel. Seine flinken schwarzen Augen leuchteten endlich auf. »Soll das ein Witz sein?«

»Es ist ein gutes Drehbuch und gefällt mir«, sagte Jay Kerr. »Machen Sie ruhig weiter.« Seine Stimme klang hoch und dünn, aber das war kein Zeichen dafür, daß er einen Mann erdrosselt hatte. Es war eben nur seine Stimme.

Harland Ide, der Bankier-Typ, räusperte sich. »Wenn wir nicht darein verwickelt sind«, bemerkte er trocken, »betrifft uns das Ganze nicht. Sie sagten, in diesem Gebäude, heute morgen? Was für ein Ereignis?«

Wolfe schüttelte den Kopf und starrte in die Runde. Noch immer bekam keiner einen Anfall. Statt dessen unterhielten sie sich, und die allgemeine Stimmung drückte Erleichterung aus, daß man endlich etwas hatte, worüber man sich unterhalten konnte. Steve Amsel schlug vor, Dol Bonner und Sally Colt sollten Wolfe in die Zwickmühle nehmen und es ihm entreißen, aber die Damen lehnten höflich ab.

Wolfe stand immer noch aufrecht und betrachtete sie, als die Tür plötzlich aufgestoßen wurde und Albert Hyatt auftauchte. Als er Wolfe bemerkte, blieb er stehen und sagte: »Oh, hier sind Sie.« Eine Strähne seines glatten Haars hatte sich gelöst. Er sah mich an. »Sie auch. Sie kamen hinter mir herein und sahen ihn, nicht wahr?«

Ich bejahte es.

»Und verschwanden eiligst?«

»Gewiß. Sie hatten Mr. Wolfe eine Überraschung angekündigt, und ich wollte ihm sagen, um was es sich handelt.«

»Sie erkannten ihn?«
»Ja, der Klient, von dem Ihnen Mr. Wolfe berichtete.«
»Ich hätte es zu schätzen gewußt, ihn lebend gesehen zu haben«, warf Wolfe ein.
»Vielleicht. Natürlich haben Sie diesen Leuten davon erzählt?«
»Nein, Sir.«
»Das haben Sie nicht?«
»Nein.«
Hyatts Augen schweiften in die Runde. »Offensichtlich sind alle da. Jay Kerr?«
»Das bin ich«, gestand Kerr.
»Harland Ide?«
»Hier.«
»Steven Amsel?«
Amsel hob die Hand.
»Theodolinda Bonner?«
»Ich bin hier, und das seit mehr als zwei Stunden. Ich bin vollkommen bereit –«
»Einen Augenblick, Miss Bonner. Sally Colt?«
»Hier.«
»In Ordnung. Das Verhör, das ich auf Anordnung des Innenministers durchführe, ist vorläufig aufgeschoben, aber Sie werden alle in diesem Zimmer bleiben. Man fand eine Leiche in einem Zimmer auf diesem Stockwerk. Ein Mann, der wahrscheinlich ermordet wurde. Das ist natürlich Sache der Polizei, und man wird Sie sprechen wollen. Ich kann jetzt noch nicht sagen, wann das Verhör wieder aufgenommen wird, also betrachten Sie bitte Ihre Vorladungen für heute als aufgeschoben, aber nicht aufgehoben. Verlassen Sie bitte nicht das Zimmer, bis die Polizei kommt.« Er wandte sich zum Gehen. Eine Stimme hielt ihn auf.
»Wer ist der Ermordete?« Das war Harland Ide.
»Das wird Ihnen die Polizei sagen. Das ist nicht mein Amt, Gott sei Dank.«
»Mr. Hyatt.« Dol Bonners Stimme klang klar und frisch. Sie war aufgestanden. »Sie sind Mr. Hyatt?«

»Das bin ich.«
»Miss Colt und ich hatten sehr zeitig gefrühstückt, und wir sind hungrig. Wir wollen uns etwas zu essen besorgen.«
Verdammt mutig, dachte ich. Sie mußte gewußt haben, daß ein Mörder angeblich nach vollbrachter Tat sich ausgehungert fühlt und eine große Mahlzeit braucht. Hyatt erklärte ihr, daß sie warten müßte, bis die Polizei käme, ignorierte einen Protest von Steve Amsel, ging und schloß die Tür hinter sich.
Sie sahen sich gegenseitig an. Ich war von ihnen enttäuscht. Bei verschiedenen Gelegenheiten war ich mit einer Anzahl Leuten wegen eines Mordes eingesperrt gewesen, aber dies war das erste Mal, daß es sich ausschließlich um Privatdetektive handelte, und man hätte annehmen können, daß sie ein wenig schneller als die meisten am Ball wären. Nein. Bei einer durchschnittlichen Gruppe hätte es vielleicht eine Minute gedauert, bis sie den Schock von Hyatts Ankündigung verdaut hatten und sich auf Wolfe und mich stürzten, und genausolange dauerte es auch bei ihnen. Steve Amsel begriff als erster. Er war ungefähr halb so groß wie Wolfe, und als er ihm gegenübertrat, mußte er seinen Kopf zurückwerfen, um mit seinen flinken schwarzen Augen in gerader Linie in Wolfes zielen zu können.
»Das war also das Ereignis. Mord.« Er sprach es so ähnlich wie »Moood« aus. »Okay. Wer war es?«
Jay Kerr schloß sich ihm an. »Ja, Goodwin erkannte ihn. Nennen Sie seinen Namen!«
Dol Bonner näherte sich erwartungsvoll mit Sally im Schlepptau. Harland Ide sagte: »Wenn ich richtig verstanden habe, Mr. Wolfe, so war er einer Ihrer Klienten?«
Sie kreisten Wolfe ein, und er trat einen Schritt zurück. »Ich kann Ihnen nicht sagen, wer er war«, sagte er, »denn ich weiß es nicht. Mr. Goodwin auch nicht. Wir kennen seinen Namen nicht.«
Sally Colt fing an zu kichern, schluckte es aber hinunter.
»Blödsinn«, stieß Steve Amsel angewidert aus. »Und Goodwin erkannte ihn? Ist dies ein Rätselspiel, das Sie sich ausge-

dacht haben?«
»Und er war Ihr Klient?« quiekte Jay Kerr.
»Also wirklich, Mr. Wolfe«, protestierte Dol Bonner, »machen Sie nicht eine Farce daraus? Sie, mit Ihrem Ruf? Erwarten Sie, daß wir Ihnen glauben sollen, einen Mann als Klienten angenommen zu haben, ohne nach seinem Namen zu fragen?«
»Nein.« Wolfe kniff die Lippen zusammen. Dann entspannte er sich. »Ladies und Gentlemen, ich bin gezwungen, Sie um Nachsicht zu bitten. Der albernste Schnitzer, den ich je beging, hat mich heute hier getroffen, zu meinem tiefsten Kummer und wahrscheinlich zu meinem Verderben. Was wollen Sie mehr? Welche weitere Schmach? Mr. Goodwin erkannte ihn, er war mein Klient, ich kenne seinen Namen nicht, und weder vor noch nach meinem Auftrag für ihn wußte ich das geringste über ihn. Das ist alles.«
Er marschierte zu einem Stuhl an der Wand, ließ sich nieder, stemmte seine Fäuste auf die Oberschenkel und schloß die Augen.
Ich trat zu ihm und senkte meine Stimme. »Irgendwelche Anordnungen?«
»Nein.« Seine Augen blieben geschlossen.
»Wie Sie wissen, ist Gil Tauber hier in Albany. Er kennt die Polypen bestimmt. Soll ich nach einem Telefon suchen und ihn in Alarmbereitschaft setzen, falls wir einige Auskünfte brauchen?«
»Nein.«
Offensichtlich war ihm nicht nach einem Schwätzchen zumute. Ich gesellte mich wieder zu meinen Kollegen und erklärte ihnen: »Wenn ihr Leute über unsere Schande herziehen wollt, kümmert euch nicht um mich. Vielleicht äußert einer sogar etwas Nützliches.«
»Wo ist die Leiche?« fragte Steve Amsel.
»Zimmer 38, den Korridor hinunter.«
»Wie wurde er getötet?«
»Mit seiner Krawatte um den Hals. Ich nehme an, er könnte es selbst getan haben, aber Sie wissen, wie das ist. Ich stim-

me dagegen; und er kann zuerst mit einem schweren Messingaschenbecher betäubt worden sein. Es stand einer auf dem Boden.«

»Sie und Wolfe kamen heute morgen als letzte«, stellte Harland Ide fest. »Sahen Sie ihn auf dem Weg?«

Ich grinste ihm zu. »Hören Sie«, wandte ich ein, »wir bekommen noch genug davon von der Polizei. Haben Sie ein Herz. Wir sind beide Mitglieder einer Berufsorganisation. Und *Sie* wollen mich in die Zange nehmen?«

»Nicht im geringsten«, erwiderte er steif. »Ich dachte nur, daß Sie ihn gesehen haben könnten und möglicherweise sogar mit ihm gesprochen haben – falls jenes Zimmer zwischen diesem und dem Fahrstuhl liegt und die Tür offenstand. Gewiß beabsichtige ich nicht –«

Er wurde unterbrochen. Die Tür öffnete sich, und ein Mann trat ein, ein hünenhafter, breitschultriger Gorilla mit zuwenig Gesichtszügen, um die große runde Fläche seines Gesichts auszufüllen. Er schloß die Tür, zählte uns, wobei sich seine Lippen bewegten, zog sich dann einen Stuhl neben der Tür zurecht und setzte sich. Zu sagen wußte er offensichtlich nichts.

Wiederum enttäuschte mich jenes Grüppchen von Fachleuten. Sie wußten sehr gut, daß die Anwesenheit des Detektivs keinerlei Einfluß auf ihre Redefreiheit hatte, und was seine Verschwiegenheit anbelangte, so genügte ein Blick auf seine Visage, um zu wissen, daß ihm der geistige Mechanismus fehlte, um alles zu registrieren und wiederzuberichten, was er hörte, vorausgesetzt, daß er hören konnte. Aber sie hüllten sich in Schweigen, und das für eine gute halbe Stunde. Probeweise machte ich ein paar Versuche, eine Unterhaltung in Gang zu bringen, aber es war nichts zu machen. Die Damen hatten sich in ihre Ecke zurückgezogen, und ich versuchte es auch bei ihnen und erhielt den Eindruck, daß Sally bereit gewesen wäre, die Spannung durch einen kleinen Meinungsaustausch zu lockern, aber Dol Bonner war dagegen, und sie war die Chefin.

Ich hatte gerade auf meine Armbanduhr gesehen und festge-

stellt, daß es zehn Minuten nach ein Uhr war, als die Tür wieder geöffnet wurde. Diesmal waren sie ihrer zwei. Der Mann vorneweg war ein Ungetüm von einsneunzig mit einem langen, schmalen Gesicht und ergrautem Haar. Er stapfte drei Schritt ins Zimmer, ließ seine Augen in die Runde schweifen und erklärte uns: »Ich bin Leon Groom, Chef der Kriminalpolizei der Stadt Albany.«
Er hielt inne, wahrscheinlich um den Beifall entgegenzunehmen, erhielt jedoch keinen. Sein Gesichtsausdruck war überheblich, und der Ton seiner Stimme gleichfalls, was unter diesen Umständen nicht anders zu erwarten war. Nicht oft erhält ein Chef der Kriminalpolizei die Gelegenheit, sich an eine Zuhörerschaft zu wenden, die sich ausschließlich aus Privatdetektiven zusammensetzt, eine Brut, die er vollkommen ablehnt. Und nicht nur das, wir kamen alle aus der großen Stadt, was uns noch mehr zu Nieten machte.
Er ergriff wieder das Wort. »Es wurde Ihnen gesagt, daß ein Mord in einem Zimmer auf diesem Stockwerk verübt worden ist, und man hält Sie für eine Untersuchung zurück. Nero Wolfe und Archie Goodwin kommen mit mir. Sofort. Die übrigen werden in Kürze vernommen, um die Leiche in Augenschein zu nehmen.« Er deutete mit dem Daumen auf seinen Begleiter. »Dieser Mann wird Sie fragen, was für Sandwiches Sie möchten, und die werden Ihnen dann gebracht. Auf Kosten der Stadt Albany. Sind Sie Theodolinda Bonner?«
»Ja.«
»Eine Polizistin kommt bald, für den Fall, daß es erforderlich ist, Sie alle zu durchsuchen.«
»Mit Einwilligung?« sagte Steve Amsel angriffslustig.
»Natürlich mit Einwilligung. Nero Wolfe? Kommen Sie, Sie und Archie Goodwin.«
Wolfe stand auf und steuerte auf die Tür los, und als er an mir vorbeiging, sagte er: »Kommen Sie, Archie.« Ich gehörte zu seinem Personal, und er duldete es nicht, daß mir andere Leute Befehle erteilten.

3

Im Korridor lungerten drei Männer herum, einer in Zivil, der äußerst gewichtig tat, und zwei in Uniform, die einen leeren Gemüsekorb in der Nähe der Tür von Zimmer 38 bewachten und gelangweilt dreinblickten. Im Zimmer selbst tummelten sich drei weitere – die Leute vom Erkennungsdienst, zwei mit Fingerabdruck-Ausrüstungen und einer mit einer Kamera. Sie gaben sich Mühe, Grooms Gehabe nachzuahmen, ermahnten uns, nichts anzufassen, und geleiteten Wolfe um den Tisch zu der Leiche. Außer daß die Beine sich wieder in normaler Lage befanden und die Krawatte entfernt worden war, hatte sie sich kaum verändert. Wolfe sah stirnrunzelnd darauf nieder.

»Identifizieren Sie ihn?« fragte Groom.

»Nein«, erklärte Wolfe. »Ich weiß nicht, wer er ist. Ich erkenne ihn jedoch als den Mann, der mich im vergangenen April aufsuchte, sich als Otis Ross vorstellte und meine Dienste in Anspruch nahm. Später erfuhr ich, daß er nicht Otis Ross war – zumindest nicht der Otis Ross, als den er sich ausgab. Mr. Goodwin, der ihm nicht einmal, sondern neunmal begegnete, hat bereits erklärt, daß es sich um denselben Mann handelt.«

»Ich weiß. Sind Sie immer noch der Ansicht, Goodwin?«

»Nicht Ansicht.« Wenn Wolfe die Wahl seiner Worte beanstanden konnte, so stand mir das auch zu. »Überzeugung. Er ist jener Mann – oder war es.«

»Dann können wir . . . ach, da fällt mir noch etwas ein.« Er drehte sich zum Tisch um, deutete auf einen Gegenstand und fragte einen der Spezialisten: »Sind Sie mit dem Aschenbecher fertig, Walsh?«

»Alles erledigt, Captain. Wir haben es.«

»Dann können Sie ein wenig behilflich sein, Goodwin, wenn es Ihnen nichts ausmacht. Nur ein Experiment. Nehmen Sie ihn, und halten Sie ihn so, als ob Sie damit einem Mann einen Schlag auf den Kopf versetzen wollten. Ganz ungezwungen, ohne viel nachzudenken.«

»Gewiß«, meinte ich bereitwillig und streckte meine Hand nach dem Aschenbecher aus. Ich ließ ihn in meiner Hand wippen und schätzte sein Gewicht auf mindestens ein Pfund, wahrscheinlich mehr. »Es gibt zwei Möglichkeiten, beide gleich gut. Entweder ihn am Rand fassen, so, das wäre das beste, wenn man Platz und Zeit für einen Schwung hat« – ich schwang ihn, um es zu zeigen –, »oder, mit einer großen Hand und langen Fingern wie den meinen, packen Sie ihn nur, wie hier, und Sie können entweder schwingen oder stoßen oder schlagen.« Ich führte ihnen einen gesunden Schlag vor, nahm dann den Aschenbecher in meine linke Hand, holte mit der rechten mein Taschentuch hervor und begann das Messing mit ordentlichem Druck abzureiben.

»Ziemlich dürftig«, meinte Groom. »Ihre Narrenpritsche mag dort, wo Sie herkommen, Erfolg haben, aber hier in der Stadt Albany schätzen wir das nicht. Es bringt Ihnen nichts ein.«

»Was denn sonst?« fragte ich. »Was wollen Sie? Daß ich mich weigere, ihn zu berühren?« Ich beendete das Polieren und setzte den Aschenbecher wieder auf den Tisch.

»Kommen Sie«, sagte er und setzte sich in Bewegung. Wir folgten ihm aus dem Zimmer und den Korridor bis fast zum Ende entlang, wo er eine Tür öffnete und beiseite trat, um uns den Vortritt zu lassen. Es war ein Eckzimmer, mit Fenstern nach zwei Seiten, und es wies eine Anzahl Teppiche auf. An einem Schreibtisch, mit einem der Fenster im Rükken, saß Albert Hyatt und telefonierte. Ein Mann mit Segelohren und einer Narbe auf der Wange kam zu uns und fragte Groom, wie er die Stühle wünsche. Selbstverständlich so, daß Wolfe und ich dem Fenster gegenübersaßen. Bis Hyatt mit seinem Gespräch fertig war, hatten wir uns niedergelassen, Wolfe und ich Seite an Seite und der Mann mit den Segelohren an einem Tischchen dicht daneben, mit einem Notizblock vor sich und gezücktem Federhalter.

Hyatt erhob sich und bot Groom an, am Schreibtisch Platz zu nehmen. Groom lehnte dankend ab und behielt seinen Stuhl neben dem Schreibtisch bei, wo er uns im Auge hatte.

Er nahm sich Wolfe vor. »Mr. Hyatt hat mich Ihre Erklärung lesen lassen. Ihre Erklärung an den Innenminister betreffs der angezapften Leitung. Er hat mir auch erzählt, was Sie ihm heute morgen berichteten, lediglich eine teilweise Wiederholung aus Ihrer Erklärung. Möchten Sie sie jetzt ändern?«

»Nein, Sir.«

»Möchten Sie etwas hinzufügen?«

»Das kommt darauf an. Falls ich oder Mr. Goodwin unter Mordverdacht stehen, möchte ich etwas hinzufügen. Stehen wir unter Verdacht?«

»Sagen wir so: Sie werden nicht beschuldigt. Die Polizei hält Sie für ein Verhör zurück, um zu erfahren, ob Sie irgend etwas über den Mord an einem Mann wissen, mit dem Sie zugegebenermaßen in Verbindung gestanden haben und gegen den Sie einen Groll hegten. Den hegten Sie doch?«

»Ja, in der Tat. Ich möchte noch eine weitere Erklärung abgeben.«

»Nur zu.«

»Ich wurde durch den Innenminister vorgeladen, bei dieser Adresse in Albany um zehn Uhr heute morgen zu erscheinen. Um sechs Uhr heute morgen verließ ich mein Haus in New York in meinem Wagen, und Mr. Goodwin chauffierte. Wir hielten unterwegs nur einmal an, um unseren mitgeführten Proviant zu essen und Kaffee zu trinken. Wir kamen hier kurz vor zehn Uhr an, betraten das Gebäude, wurden in Zimmer 42 auf dem dritten Stockwerk gewiesen, begaben uns sofort dorthin, sprachen mit niemandem, und ich blieb im Zimmer, bis ich zu Mr. Hyatt geleitet wurde. Mr. Goodwin ging einmal kurz fort, um mit Miss Sally Colt Kaffee zu holen. Ich habe zu keiner Zeit diesen – wie soll ich dieses Geschöpf nennen?«

»Den Ermordeten?«

»Ja.«

»Nennen Sie ihn Ihren Klienten.«

»Das möchte ich nicht, in diesem Zusammenhang. Ich habe andere Klienten gehabt. Was den Mann betrifft, der mich im

April aufsuchte, sich mir als Otis Ross vorstellte und mich mit einer Arbeit beauftragte, die ich in meiner Erklärung an den Innenminister beschrieb, so habe ich ihn seit dem 13. April vorigen Jahres nicht mehr gesehen noch in irgendeiner Verbindung mit ihm gestanden oder irgend etwas über seinen Aufenthalt gewußt. Das nächste Mal, daß ich von ihm hörte, war heute morgen, als Mr. Goodwin zusammen mit Mr. Hyatt das Zimmer verlassen hatte und beinahe augenblicklich zurückkehrte, um mir zu sagen, daß jener Mann tot in einem nahe gelegenen Zimmer lag. Das nächste Mal, daß ich ihn sah, war vor einigen Minuten, als man mich in das Zimmer zu seiner Leiche führte. Ich hatte nicht gewußt, daß er sich im Gebäude aufhielt. Es ist dumm, nur Verneinungen aufzuzählen. Jedenfalls weiß ich ganz und gar nichts über seinen Tod und über seine Schritte vor seinem Tod. Außer den Tatsachen, die in meiner Erklärung an den Innenminister festgehalten sind, habe ich keinerlei Kenntnis, gleich welcher Art, die bei der Untersuchung dieses Mordfalls dienlich sein könnte.«

Wolfe dachte einen Augenblick lang nach. »Nun, Mr. Groom. Ich glaube zwar nicht, daß irgendwelche Fragen viel Zweck haben, aber versuchen Sie es immerhin.«

»Ja, ich versuche es.« Groom fixierte mich, und ich dachte, jetzt sei die Reihe wohl an mir, aber er wandte sich wieder an Wolfe. »Sie sagten, daß Sie heute morgen dieses Gebäude kurz vor zehn Uhr betraten. Wieviel früher?«

»Das weiß ich nicht aus eigener Kenntnis. Ich trage keine Uhr. Aber als wir hereinkamen, bemerkte Mr. Goodwin, daß es fünf Minuten vor zehn sei. Er behauptet, seiner Uhr nie zu gestatten, mehr als dreißig Sekunden falsch zu gehen.«

»Wie spät war es, als Sie bei Zimmer 42 anlangten?«

»Das weiß ich nicht. Ich kann es nur schätzen. Ich würde sagen, wir brauchten vier Minuten bis zum Fahrstuhl, hinauf in das dritte Stockwerk und den Korridor entlang bis zu dem Zimmer. Das wäre dann eine Minute vor zehn Uhr.«

»Und wenn jetzt einer oder mehrere der andern behaupteten, Sie seien erst gegen Viertel nach zehn ins Zimmer gekommen?«

Wolfe beäugte ihn. »Mr. Groom. Diese Frage ist sinnlos, und das wissen Sie. Als Drohung ist sie kindisch. Als bloße Hypothese ist sie leichtfertig. Und wenn einer von ihnen so etwas behauptet, wissen Sie, wie viele Fragen das aufwerfen wird, einschließlich derjenigen über die Aufrichtigkeit des Betreffenden. Falls Sie Ihre Frage, so wie Sie sie stellten, beantwortet haben wollen, so ging entweder seine Uhr falsch, oder sein Gedächtnis versagte, oder er lügt.«

»Gewiß.« Augenscheinlich war Groom schwer zu verärgern. Er wechselte zu mir über. »Selbstverständlich bestätigen Sie alles, was Wolfe gesagt hat. Nicht wahr?«

»Selbstverständlich«, bejahte ich.

»Ja oder nein. Bestätigen Sie es?«

»Ja.«

»Einschließlich Ihrer Ankunftszeit in diesem Gebäude?«

»Ja. 9 Uhr 55.«

Er stand auf und trat zu mir. »Lassen Sie mich Ihre Uhr sehen.«

Ich drehte meinen Arm um, streifte die Manschette hoch, und er warf einen Blick auf die Uhr, sah dann auf seine eigene, dann wieder auf meine. »Schreiben Sie auf, ich stellte fest, daß Goodwins Uhr zwanzig Sekunden nachging«, sagte er zu dem Mann am Tisch und kehrte zu seinem Stuhl zurück.

»Sie wundern sich vielleicht«, sagte er, »warum ich Sie nicht getrennt vernehme. Aber das wäre eine Zeitverschwendung. Nach dem, was ich über Ihren Ruf und Ihre Personalien weiß und wie Sie arbeiten, rechnete ich mir aus, daß meine Chance, Sie in einen Widerspruch zu verwickeln, falls Sie sich eine Geschichte ausgedacht hatten, zu gering wäre und es nicht die Mühe lohnte. Außerdem wollte Mr. Hyatt zum Lunch gehen, und ich wünschte, daß er dabei ist. Sie dürfen auch wissen, warum.« Er drehte sich um. »Wollen Sie ihnen sagen, was Sie mir erzählt haben, Mr. Hyatt?«

Hyatts Haarsträhne war wieder an ihrem Platz. Er beugte sich mit aufgestützten Ellenbogen vor. »Sie meinen über heute morgen?« fragte er Groom.

»Ja. Genau das.«

»Nun, ich kam früh hierher, ein wenig vor neun Uhr. Einer aus meinem Stab, Tom Frazer, war bereits da. Wir saßen hier zusammen an meinem Schreibtisch, sahen Papiere durch und bereiteten alles für die Leute vor, die heute erscheinen sollten, als mich das Mädchen aus der Zentrale anrief, weil mich ein Mann wegen einer, wie er sagte, dringenden und vertraulichen Angelegenheit sprechen mußte. Er wollte nicht sagen, worum es sich handelte. Er erklärte, sein Name sei Donahue, was mir nichts weiter sagte. Ich wollte nicht, daß er uns hier störte, deshalb ging ich vor die Tür, um ihn abzuwimmeln, und traf ihn auf einer Bank im Korridor an. Er wollte nicht dort sprechen, so führte ich ihn in das nächste leere Zimmer, Zimmer 38. Er war ein Mann in mittleren Jahren, von ungefähr meiner Größe, hatte braunes Haar und Augen –«

»Sie haben ihn gesehen«, warf Groom ein.

»Oh.« Hyatt war bestürzt. »Das stimmt. Er nannte sich William A. Donahue, und er wollte mir einen Handel vorschlagen. Er wüßte, wer heute vor mir erscheinen sollte, und daß Nero Wolfe einer von ihnen wäre, und daß er kalte Füße bekommen hätte und aus der Sache aussteigen wollte. Seine Bedingungen . . . Muß ich die ganze Unterredung wiederholen, Captain? Wir haben ungefähr zwanzig Minuten gesprochen.«

»Das Wesentliche. Die Hauptpunkte.«

»Es gab eigentlich nur einen Hauptpunkt. Er stotterte sich allerhand zurecht, aber das war der Kernpunkt der Sache: In Verbindung mit einer Spekulation, in die er verwickelt war – er machte keine näheren Angaben –, hatte er einige Leitungen abhören lassen, eine davon durch Nero Wolfe, wofür er Wolfe zweitausend Dollar gezahlt hatte. Als der Skandal ausbrach – er nannte es ›die große Pleite‹ – und Broady eingesperrt und angeklagt wurde, war er zu dem Schluß gekommen, daß der Boden in New York zu heiß für ihn wäre, und hatte den Staat verlassen. Als er kürzlich erfuhr, daß diese Untersuchung im Namen des Innenministers durchgeführt wurde und alle Privatdetektive verhört werden sollten, war er beunruhigt, besonders wegen Nero Wolfe. Wolfe hatte die Abhör-Zapfstelle sofort abgebrochen, die er für ihn bedient hatte. Sie hatten sich gestritten, und Wolfe hatte es ihm gehörig gegeben. Er wußte, wie durchtrieben Wolfe war, und nun, da er vorgeladen worden war – verwirre ich Sie mit den Pronomen?«

Er sah Wolfe an, deshalb erwiderte ihm dieser: »Nicht im geringsten. Fahren Sie fort.«

»... und nun, da Wolfe vorgeladen worden war, wußte er, daß er versuchen würde, sich so oder anders herauszuwinden, und daß er – Donahue – für etwas eingesperrt werden würde, das schlimmer als Beschaffung ungesetzlicher Abhörberichte war. Deshalb wollte er mit mir einen Handel abschließen. Falls ich meinen Einfluß bei dem District Attorney geltend machen würde, mit ihm hinsichtlich der Abhöranklagen glimpflich umzugehen, würde er mir eine vollständige eidesstattliche Erklärung über diese Operation abgeben und würde, falls gefordert, es vor Gericht bezeugen. Ich fragte ihn, ob Wolfe gewußt habe, daß das Abhören ungesetzmäßig war, und er bejahte es. Ich fragte ihn, ob Donahue sein richtiger Name sei und ob er diesen Namen auch Wolfe genannt hatte, und er bejahte das ebenfalls. Ich fragte ihn nach weiteren Einzelheiten über seine Person, aber er wollte mir nichts weiter sagen, bis – und falls – ich auf seinen Vorschlag einginge – außer, daß er in New York im Hotel Marbury gewohnt hatte. Ich erklärte ihm, daß ich nicht so ohne weiteres auf einen solchen Handel eingehen könnte, ich brauchte Bedenkzeit, und bat ihn, im Zimmer zu warten. Dort ließ ich ihn und kehrte in dieses Zimmer zurück, und –«

»Wie spät war es da?« fragte Groom.

»Es war halb zehn, ein oder zwei Minuten danach. Ich halte meine Uhr nicht so auf die Sekunde genau, wie Goodwin es tut, aber sie geht ziemlich richtig.« Er blickte auf sein Handgelenk. »Ich habe jetzt 13 Uhr 42.«

»Sie geht drei Minuten vor.«

»Dann war es ziemlich genau 9 Uhr 30, als ich in dieses Zimmer zurückkam.« Er wandte sich wieder Wolfe zu. »Ich mußte natürlich sehen, wieviel Zeit mir noch blieb. Das Verhör sollte um zehn Uhr beginnen. Ich hielt es für wichtig genug, um den Innenminister deswegen um Rat zu fragen. Deshalb rief ich sein Büro an, doch man sagte mir, daß er in New York auf einer Konferenz sei und sein Sekretär nicht wüßte, wo man ihn um diese Zeit erreichen könnte. Ich rief das Büro des District Attorney von New York an und erreichte den stellvertretenden D. A. Lamert, einen Freund von mir. Ich erklärte, daß ich dringend ein polizeiliches Führungszeugnis über einen William A. Donahue, der im Frühjahr im Hotel Marbury gewohnt hatte, brauchte, und zwar so schnell wie möglich. Um Viertel nach zehn hatte ich noch keine Nachricht und versuchte den stellvertretenden Innenminister an den Apparat zu bekommen, aber dieser war nicht in seinem Büro. Ich erklärte Tom Frazer das Ganze, und –«

Groom unterbrach ihn. »Ich glaube, das reicht. Sie kehrten auch nicht in Zimmer 38 zurück, um mit Donahue zu sprechen?«

»Nein. Ich hatte ihm gesagt, daß es eine Stunde und länger dauern könnte, möglicherweise zwei. Als um elf Uhr noch immer kein Bericht aus New York vorlag – bis jetzt ist noch keiner eingetroffen –, beschloß ich eine Gegenüberstellung von Wolfe und Donahue, um zu sehen, was daraufhin geschehen würde, und ich ging in das Untersuchungszimmer und schickte nach Wolfe und Goodwin.« Hyatt sah auf seine Uhr. »Ich komme zu spät zu meiner Lunch-Verabredung.«

»Ja, ich weiß.« Groom sah auf Wolfe. »Haben Sie irgendwelche Fragen an Mr. Hyatt?«

Wolfe hatte die Beine übereinandergeschlagen, wie gewöhnlich, wenn er auf einem Stuhl saß, der zu klein für ihn war und keine Armlehnen hatte. Jetzt setzte er die Füße nebeneinander und stützte seine Handflächen auf die Knie. »Nur ein oder zwei Fragen. Sie werden sich erinnern, Mr. Hyatt, daß Sie mir erklärten, Sie persönlich schenkten meinem Bericht Glauben. Warum sagten Sie mir das?«

»Weil ich es so meinte.«

»Sie hatten bereits mit diesem Donahue gesprochen.«

»Ja, aber ich glaubte ihm nicht. Ich weiß etwas über Ihren Ruf und Ihre Position, und ich wußte ganz und gar nichts über ihn. Vom einfachen Standpunkt der Glaubwürdigkeit aus zog ich Sie vor, zumindest versuchsweise.«

»Schenken Sie meinem Bericht immer noch Glauben?«

»Nun . . .« Hyatt blickte auf Groom und dann wieder zu Wolfe hinüber. »Unter den gegenwärtigen Umständen, fürchte ich, ist meine persönliche Meinung weder maßgeblich noch überzeugend.«

»Ich denke, nein. Etwas anderes. Dieser Donahue behauptete, sich einige Abhörberichte verschafft zu haben. Mehrzahl. Erwähnte er noch einen andern Namen als den meinigen?«

»Ja, er nannte noch andere, aber während der ganzen Unterredung konzentrierte er sich auf Sie.«

»Welche anderen Namen erwähnte er?«

»Augenblick mal«, warf Groom ein. »Ich halte das nicht für erforderlich. Wir wollen Sie nicht länger aufhalten, Mr. Hyatt.«

»Ich möchte wissen«, beharrte Wolfe, »ob jener Mann den Namen eines der heute hier Vorgeladenen nannte.«

Er mußte es mit seinem Wissenwollen bewenden lassen. Hyatt sah Groom an, der den Kopf schüttelte, und Hyatt stand auf und ging. Wolfe kreuzte seine Beine wieder und verschränkte die Arme, aber die Proportionen stimmten nicht. Er wirkte nie so imposant, wenn er auf einem zu kleinen Stuhl saß und sein Gesäß über die Sitzfläche ragte. Als sich die Tür hinter dem Sonderbeauftragten des Innenministers geschlossen hatte, ergriff Groom das Wort. »Ich wollte, daß Sie es direkt aus Hyatts Mund hören. So ist es unverfälscht. Möchten Sie jetzt Ihre Erklärung abändern? Oder etwas hinzufügen? Natürlich ist Donahue tot, aber wir haben seine Spur und wissen, wo wir ansetzen müssen. Sie kennen das.«

»Ja, ich kenne das.« Wolfe grunzte. »Ich spreche gerne, Mr. Groom, aber nicht ohne Sinn und Zweck. Was ein Abändern meiner Erklärung betrifft, so könnte ich ihren Stil oder ihre Interpunktion verbessern, aber nicht ihren Inhalt. Und was das Hinzufügen betrifft, so könnte ich ein paar Fußnoten setzen, wie zum Beispiel, daß dieser Mann log, als er Mr. Hyatt erzählte, er hätte mir seinen Namen als Donahue angegeben und ich hätte gewußt, daß das Anzapfen der Leitung ungesetzlich war. Doch das ist bereits stillschweigend in der Erklärung mit einbegriffen. Eine Bitte möchte ich allerdings äußern. Ich kenne jetzt seinen Namen, zumindest den Namen, den er Hyatt nannte, und den Namen des Hotels, in dem er zu der Zeit, als er mich aufsuchte, wohnte. Hier kann ich Ihnen von keinerlei Nutzen sein; ich habe ganz und gar nichts für Sie. Aber falls mir gestattet wird, sofort nach New York zurückzukehren, werde ich meine ganze Findigkeit und mein ganzes Talent darauf verwenden, seine Herkunft zu entlarven, sein Tätigkeitsfeld, seine Verbindungen zu . . .«

Er hielt inne, denn Groom hatte den Kopf gewandt. Die Tür hatte sich geöffnet, und auf der Schwelle stand ein Mann, ein Kollege in Uniform. Er trat vor und sagte: »Für Sie, Captain«, und reichte ihm ein gefaltetes Stück Papier. Groom faltete es auseinander, warf einen Blick darauf, nahm sich Zeit, befahl dem Polizisten zu bleiben, musterte das Papier noch einmal und hob die Augen zu Wolfe und mir.

»Dieses ist ein Haftbefehl«, sagte er schließlich. »Für Ihre Verhaftung als Hauptzeugen in einem Mordfall. Wollen Sie ihn sehen?«

Ich drehte mich zu Wolfe um. Ich kann bezeugen, daß er während der ganzen zehn Sekunden Totenstille nicht ein einzigesmal mit den Lidern zuckte. Dann sprach er, doch alles, was er vorbrachte, war: »Nein.«

»Aber ich«, warf ich ein und streckte die Hand aus, und Groom reichte mir das Papier. Es sah echt aus, und sogar unsere Namen waren richtig geschrieben. Die Unterschrift des Richters sah aus wie »Bymnyomr«. »Ich denke, er stimmt«, sagte ich zu Wolfe.

Der stierte Groom an. »Ich weiß kaum, welchen Ausdruck ich gebrauchen soll«, sagte er eisig. »Willkürlich? Anmaßend? Starrköpfig?«

»Sie sind jetzt nicht in New York, Wolfe.« Groom versuchte vergeblich, seine Selbstzufriedenheit zu verbergen. »Dieses ist die Stadt Albany. Ich frage Sie nochmals, wollen Sie Ihre Erklärung ändern oder ihr etwas hinzufügen?«

»Sie meinen es wirklich ernst mit der Zustellung dieses Dingsda?«

»Ich *habe* ihn zugestellt. Sie stehen unter Arrest.«

Wolfe drehte sich zu mir. »Wie ist Mr. Parkers Nummer?«

»Eastwood sechs–zwei–sechs–null–fünf.«

Er erhob sich, umkreiste den Schreibtisch, setzte sich auf den Stuhl, den Hyatt geräumt hatte, und hob den Hörer von der Gabel. Groom sprang hoch, machte einen Schritt, fing sich, blieb stehen und steckte die Hände in die Hosentaschen. »Ein Gespräch mit New York City, bitte. Eastwood sechs–zwei–sechs–null–fünf«, sagte Wolfe in den Apparat.

4

Vier Stunden später, um sechs Uhr, waren wir immer noch in Haft. Ich hatte schon vorher hinter Gittern gesessen, aber noch nie mit Wolfe zusammen. Für ihn war es eine Premiere.

Eigentlich waren wir nicht hinter Gittern, oder zumindest waren sie nicht sichtbar. Es war ein Untersuchungszimmer im Polizeipräsidium, und es war eigentlich nicht übel, außer daß es wie ein Krankenhaus roch und die Stühle klebrig waren. Es gab sogar eine Privattoilette hinter einem abgetrennten Verschlag in der Ecke. Ein Polizeibeamter leistete uns Gesellschaft, wahrscheinlich um aufzupassen, daß wir den elektrischen Stuhl nicht um seine Beute betrogen, indem wir einen Selbstmord-Pakt schlossen und ihn ausführten. Als ich ihm sagte, daß uns eine Abendzeitung einen Dollar wert wäre, öffnete er die Tür und schrie jemandem über den Korridor etwas zu, verharrte aber auf seinem Posten. Er ging kein Risiko ein.

Bald nach unserer Festnahme hatte man uns gestattet, etwas Eßbares zu bestellen, und ich hatte zwei Portionen Corned beef auf Toast und einen Viertelliter Milch kommen lassen. Wolfe, der seit zehn Uhr nichts weiter als Kaffee verzehrt hatte, lehnte das Angebot ab. Ob er in Hungerstreik treten wollte oder nur vor Wut nichts essen konnte, vermochte ich nicht zu sagen. Als mein Corned beef auf Toast ankam, entpuppte es sich als Schinken auf Schwarzbrot, und der Schinken war nur mittelprächtig, aber die Milch war in Ordnung.

Nicht nur, daß Wolfe in der Gefangenschaft nichts aß, er sprach auch nicht. Mit dem Hut auf dem Kopf saß er auf seinem auf einer Holzbank ausgebreiteten Mantel, zumeist gegen die Wand gelehnt, mit geschlossenen Augen und mit über dem Gipfel seines Schmerbauchs gefalteten Händen. Ich betrachtete ihn, und da mir seine Grimassen wohlvertraut waren, würde ich sagen, daß er, statt sich zu beruhigen, noch wütender wurde. Nachdem einige Stunden verstrichen waren, machte er den einzig wirklichen Versuch zu einem Gespräch, öffnete die Augen und fragte mich nach meiner offenen, ehrlichen Meinung über etwas. Ich erklärte, daß er meine wahre Meinung über alles und jedes haben könnte und daß wir offensichtlich dafür ausreichend Zeit hätten.

Er grunzte. »Ich sehe voraus, daß in Zukunft – falls Sie und ich weiterhin zusammen arbeiten, was wahrscheinlich ist – diese Episode in diesem oder jenem Zusammenhang öfters erwähnt werden wird. Stimmen Sie zu?«

»Na klar. Vorausgesetzt, daß es nicht unsere letzte Episode ist. Sie nehmen offenbar an, daß wir eine Zukunft haben werden.«

»Sie Miesmacher! Dafür werden wir schon sorgen. Beantworten Sie mir eine Frage: Wenn Sie nicht durch Ihr Gelüst, bei einem Telefon-Anzapfvorgang mitzuwirken und die technischen Einzelheiten und den Ablauf zu studieren, verführt worden wären, glauben Sie, daß ich den Job für jenen Mann angenommen hätte? Ich frage nur nach Ihrer Meinung.«

»Nun, die werden Sie nicht bekommen.« Ich sah auf ihn hinunter. »Falls ich nein sage, wären die zukünftigen Erörterungen zu einseitig. Sage ich ja, hieße das, eine weitere Herausforderung auf die Bürde zu häufen, die Sie bereits tragen, und das könnte zuviel für Sie sein. Sie können uns nicht aus dieser Klemme befreien, wenn Sie zu sehr vor Wut kochen, um nachdenken zu können. Ich schlage Ihnen etwas vor: Ich werde es teilen.«

»Was teilen?«

»Die Schuld. Halbe-halbe. Wir beide haben verdient, daß man uns prügelt, aber nicht, daß man uns brät.«

»Überlassen wir das der Zukunft«, knurrte er und schloß einfach die Augen.

Um sechs Uhr war ich in den zweiten Abschnitt der Abendzeitung vertieft, und nachdem ich alles mögliche andere verschlungen hatte, ließ ich mich darüber belehren, wie man Nylon-BHs, die auf irgendeine Weise zerrissen worden waren, reparieren konnte. Plötzlich flog die Tür auf. Unser Wachtposten wirbelte hoch, bereit, einen bewaffneten Rettungsversuch abzuwehren, aber es war nur ein Polyp, der einen Besucher hereinführte. Der Besucher, ein Kerl mit rotem Gesicht und in einem braunen Kaschmirmantel, blieb stehen und warf einen Blick um sich, trat ein und streckte eine Hand aus.

»Mr. Wolfe? Ich bin Stanley Rogers. Es tut mir schrecklich leid. Wahrscheinlich dachten Sie, ich sei in eine Sackgasse geraten, aber Nat Parker erreichte mich erst gegen drei Uhr, und der Richter steckte mitten in einer Verhandlung, und ich mußte allerlei Fäden ziehen. Wir sind hier draußen nicht sehr gastfreundlich, stimmt's? Das ist Mr. Goodwin? Mir ein Vergnügen.« Er bot mir seine Hand, und ich schüttelte sie. »Ich bat den Richter, sich mit einer Summe von fünftausend für die Bürgschaft zu begnügen, aber er wollte es nicht unter zwanzigtausend machen. Für jeden zwanzigtausend.

Immerhin sind Sie auf freiem Fuß, wie Sie es zweifellos verdienen, nur dürfen Sie den Gerichtsbezirk nicht ohne Erlaubnis des Gerichtshofs verlassen. Ich habe ein Zimmer für Sie im Latham Hotel reservieren lassen, aber es kann natürlich rückgängig gemacht werden, wenn Sie andere Vorkehrungen treffen möchten.«

Er hatte einige Papiere, die wir unterschreiben mußten. Er versicherte uns, Parker, der ihn aus New York anrief, habe ihm erklärt, alles im Bereich des Möglichen für uns zu unternehmen. Er würde auch seine Dinnerverabredung absagen, falls wir ihn benötigten; aber Wolfe sagte, daß er im Moment nichts weiter wollte, als hier herauszukommen und etwas zu essen. Ein Angebot nahmen wir aber an. Er hatte seinen Wagen draußen stehen, und nachdem er sich von dem Wachtposten verabschiedet hatte – ohne Trinkgeld – und zu einem Schalter gegangen war, wo wir uns abmeldeten und einige persönliche Dinge zurückforderten, die man uns abgenommen hatte, führte er uns nach draußen und fuhr uns zu der Garage, wo wir die Limousine abgestellt hatten. Mit Wolfe wieder im Fond, rollte ich zum Hotel, holte die Reisetaschen aus dem Kofferraum und überließ den Wagen einem Hoteldiener.

Ich hätte Wolfe unter die Nase reiben können, daß ich in bezug auf die Taschen wieder einmal recht gehabt hatte, entschied jedoch, daß er dafür nicht in Form war. Am Abend zuvor, dickköpfig wie gewöhnlich, hatte er sich geweigert, der Möglichkeit ins Auge zu sehen, eine Nacht außer Haus verbringen zu müssen. Er hatte darauf bestanden, daß wir kein Gepäck brauchen würden, doch ich hatte selbst seine Tasche gepackt, nach dem Grundsatz, daß der Mensch denkt, aber ein höheres Wesen gelegentlich lenkt. Jetzt, als uns der Hotelboy auf Zimmer 902 folgte und die Taschen auf das Gestell setzte, war eine prächtige Gelegenheit für eine nonchalante Bemerkung, aber ich hielt es für ratsamer, sie für mich zu behalten.

Als sein Mantel neben dem meinen im Schrank hing, entledigte sich Wolfe seines Jacketts, seiner Weste, seiner Krawatte und des Hemdes, ging ins Badezimmer und wusch sich Gesicht und Hände. Dann zog er seinen Morgenrock aus gelber Wolle mit zarten schwarzen Streifen an, holte seine Pantoffeln, setzte sich auf einen Stuhl, um seine Stiefel auszuziehen, und bat mich, den Zimmerdienst wegen einer Speisekarte anzurufen. Ich erinnerte ihn daran, daß Rogers das Essen im Latham Hotel als nur mittelmäßig bezeichnet hatte und daß das beste Restaurant der Stadt nur zwei Häuserblocks entfernt lag.

»Ich bin daran nicht interessiert«, erklärte er. »Ich habe keinen Appetit und deshalb auch kein Geschmacksempfinden. Ich esse, weil ich essen muß. Sie wissen genau, daß ich nicht mit leerem Magen arbeiten kann.«

Arbeiten wollte er also.

Ich kann mich an kein düstereres Mahl erinnern. Die Speisen waren einwandfrei genießbar. Austern, Consommé, Rindsbraten, Kartoffelbrei, Broccoli, Salat, Apfelkuchen, Käse und Kaffee –, und wir verputzten alles, aber die Stimmung war ohne Glanz. Obwohl Wolfe bei Tisch niemals über Geschäfte spricht, so unterhält er sich doch während der Mahlzeiten gerne über alles mögliche, und tut es auch beinahe immer. Bei jenem Essen sagte er jedenfalls kein einziges Wort, und ich unterließ auch jeden Versuch, ihn anzukurbeln. Als er mit seiner zweiten Tasse Kaffee fertig war, stieß er seinen Stuhl zurück und nuschelte mir zu: »Wie spät ist es?«

»Zwanzig nach acht.«

»Gut.« Er zog die Luft ein, den ganzen Weg bis zu dem Rindsbraten hinunter, und stieß sie durch die Nase wieder aus. »Ich weiß nicht, ob Sie sich vorstellen können, in was für einer Patsche ich sitze.«

»Auch die Patsche ist geteilt. Halbe-halbe.«

»Nur in gewissem Maße. Die Gefahr, ja, aber bei mir gibt es eine besondere Schwierigkeit. Man wird uns hier festhalten, bis der Fall gelöst ist. Ich kann unsere Freilassung nur beschleunigen, indem ich ihn löse, aber ich habe keine Lust dazu. Gewiß kann niemandem gestattet werden, ungestraft zu morden, aber ich würde es vorziehen, bei der Überführung des Mannes, der diese abscheuliche Kreatur tötete, nicht die Hand im Spiel zu haben. Was soll ich tun?«

Ich winkte ab. »Das ist einfach. Warten Sie's ab. Dieses Zimmer ist gar nicht so übel. Sie können die Versammlungen des Stadtrates, wenn sie stattfinden, besuchen und sich Bücher aus der Leihbücherei holen, und ich kann Sally Colt allerhand beibringen, falls sie auch hier hängenbleiben sollte. Zieht es sich über Monate hin, und das ist wahrscheinlich, wenn jener Groom das Beste ist, was sie vorzuweisen haben, könnten wir eine kleine Wohnung mieten und Fritz kommen lassen –«

»Mund halten!«

»Jawohl, Sir. Oder vielleicht könnten Sally und ich den Fall ohne Sie lösen. Ich fühle mich dem Täter nicht so sehr zu Dank verpflichtet, wie es bei Ihnen zu sein scheint. Falls –«

»Unsinn. Ich bin nicht dankbar. Ich wollte ihn lebend wiedersehen. Also gut. Zwischen dem Unerträglichen und dem lediglich Widerwärtigen muß ich das letztere wählen. Ich nehme an, die andern werden ebenfalls im Gerichtsbezirk festgehalten.«

»Falls Sie unsere Kollegen meinen, ganz bestimmt. Vielleicht nicht inhaftiert, wie wir, aber zurückgehalten gewiß. Für Groom sind wir kein so sicherer Tip, als daß er die andern gehenließe, und außerdem braucht Hyatt sie für seine Befragung.«

Er nickte. »Ich muß sie sehen. Vielleicht sind einige in diesem Hotel. Finden Sie sie, und bringen Sie sie her.«

»Jetzt?«

»Ja.«

»Haben Sie irgendwelche Vorschläge?«

»Nein. Mein Geist funktioniert nicht. Ich will versuchen, ihn wieder flottzumachen, bis Sie sie anbringen.«

So etwas war schon früher vorgekommen, mehrmals. Er wußte, daß es für mich nur zwei Möglichkeiten gab: zu protestieren, daß er mir mehr auftrug, als ich ausführen konnte, oder es als Kompliment zu nehmen, daß er, wollte er ein

Wunder vollbracht haben, nur mit dem Finger in meine Richtung zu schnippen brauchte; und er wußte auch, welche dieser Möglichkeiten ich wählen würde.
»Okay«, sagte ich. »Wollen Sie dann bitte den Zimmerdienst anrufen, damit abgeräumt wird? Fritz könnten Sie auch anrufen, damit er nicht anfängt, sich zu sorgen. Ich muß jetzt nachdenken.«
Ich stellte mich ans Fenster, schob die Gardinen auseinander, zog die Jalousie hoch und starrte auf die nächtliche Straße hinunter. Es war nicht das erste Mal, daß es mir oblag, eine Gesellschaft zusammenzutrommeln, aber es war noch niemals eine Bande von Privatdetektiven gewesen, und für sie brauchte ich einen Spezialtrick. Allmählich kamen mir brillante Ideen. Zum Beispiel, ihnen zu erzählen, Wolfe nähme an, es würde sie interessieren, was ihn Hyatt beim Verhör gefragt hatte. Oder Wolfe hätte eine Idee, wie wir uns alle aus dem Gerichtsbezirk verdrücken könnten, und wollte sich mit ihnen darüber beraten. Oder Wolfe hätte gewisse Informationen über den Ermordeten, die er der Polizei nicht mitgeteilt hatte und die er mit ihnen besprechen wollte. Oder ihnen zu sagen, daß Wolfe es für wesentlich hielt, die Ankunftszeit eines jeden von uns in Zimmer 42 festzuhalten, und daß wir das gemeinsam regeln sollten. Und so weiter, fast ein Dutzend Einfälle. Ich wirbelte sie in meinem Kopf herum. Das Entscheidende war, etwas zu wählen, das bei jedem von ihnen ankommen würde.
Plötzlich fiel mir ein, daß Wolfe mir einmal erklärt hatte, die beste Art, unter einem Sortiment von Einfällen zu wählen, sei die, den einfachsten zu nehmen. Ich ließ die Jalousie herunter und drehte mich um. Er hatte gerade sein Gespräch mit Fritz beendet und manövrierte sich in den Lehnsessel, der beinahe breit genug für ihn war. »Sie wollen alle zusammen, nicht wahr?«
Er bejahte.
»Wie bald?«
»Oh - in zwanzig Minuten. Einer halben Stunde.«
Ich setzte mich auf die Bettkante, nahm den Hörer auf und

erklärte der Telefonistin, daß, soviel ich wüßte, Harland Ide auch hier abgestiegen sei, und sie solle mich bitte mit seinem Zimmer verbinden. In zwei Minuten begrüßte mich sein Baß, ein wenig heiser, mit einem Hallo.
»Mr. Harland Ide?«
»Am Apparat.«
»Hier ist Archie Goodwin. Ich rufe im Auftrag von Mr. Wolfe an. Wir sind auf Zimmer 902. Er möchte Sie gerne wegen einer Sache, die man nicht am Telefon besprechen kann, um Rat fragen. Im Augenblick ruht er sich aus. Wenn Sie ihm den Gefallen tun wollen, in Zimmer 902, sagen wir, in einer halben Stunde, vorbeizukommen, wird er das sehr schätzen. Sagen wir neun Uhr. Wir hoffen, Sie kommen.«
Ein kurzes Schweigen. »Können Sie mir einen Anhaltspunkt geben?«
»Besser nicht, am Telefon.«
Ein etwas längeres Schweigen. »Also gut, ich komme.«
Das Einfachste ist das Beste. Es war natürlich ein großer Vorteil, daß sie alle Privatdetektive waren. Sagen Sie einem Privatdetektiv, Sie müssen etwas mit ihm besprechen, das zu heiß fürs Telefon ist, und er durchschwimmt einen Strom, um zu Ihnen zu gelangen.
Nicht bei allen war es so leicht wie bei Ide. Steve Amsel war nicht im Latham abgestiegen, aber ich erreichte ihn in einem andern Hotel und gewann ihn für das Projekt. Jay Kerr war im Latham, aber bei den ersten beiden Versuchen war seine Leitung besetzt, und ich erreichte ihn als letzten. Dol Bonner und Sally Colt hatten Zimmer 917 auf unserem Stockwerk, und ich wünschte, ich hätte unten mit ihnen zu Abend gegessen, anstatt mit einer stummen Attrappe vorliebzunehmen. Zuerst machte sich Dol Bonner nicht viel aus der Sache, aber als ich ihr erklärte, daß die andern auch kämen, sagte sie zu. Nachdem ich beim dritten Versuch auch Kerr antraf, legte ich auf und drehte mich zu Wolfe um. »Alles bestens inszeniert. Wollen Sie noch jemanden? Groom? Hyatt? Den Innenminister?«
»Wie spät ist es?«

„Neun Minuten vor neun.«
»Verflixt, ich muß mich anziehen.« Er erhob sich und begann sich aus dem Morgenmantel zu schälen. Er wollte weibliche Gäste nicht im Négligé empfangen, besonders nicht in einem Hotelzimmer.

5

Es war ein geräumiges Zimmer und war mit sieben – oder, wenn man Wolfe doppelt zählte, acht – Personen nicht überfüllt. Ich hatte eine telefonische Eilbestellung nach weiteren vier Stühlen aufgegeben, so brauchte sich niemand auf die Bettkante zu hocken. Dol Bonner und Sally, immer noch unzertrennlich, saßen drüben an der Wand. Daneben Steve Amsel, der seinen Stuhl umgedreht hatte, die Arme auf der Rückenlehne verschränkte und sein Kinn auf die Hände stützte. Er war immer noch sehr adrett, und seine schwarzen Augen waren immer noch flink. Harland Ide sah müde aus, aber immer noch würdig genug für einen Bankier. Jay Kerr, das halb glatzköpfige rundliche Männchen, tauchte als letzter auf. Er brachte zwei Hinweise mit, die ich auf der Stelle mit meiner höchst trainierten Beobachtungsgabe entdeckte: ein gerötetes Gesicht und eine Fahne.
»Sieh an!« rief er bei unserem Anblick aus. »Eine Party, he? Davon haben Sie mir nichts gesagt, Archie. Hört, hört!«
»Hinsetzen und zuhören«, befahl ihm Amsel. »Wir haben auf Sie gewartet. Wolfe will sein Liedchen pfeifen.«
»Das möchte ich gerne hören«, bemerkte Kerr herzlich und setzte sich.
Wolfes Augen machten die Runde. »Ich beginne am besten damit, Ihnen die Erklärung vorzulesen, die ich dem Innenminister vorlegte.« Er zog ein Dokument aus seiner Tasche und entfaltete es. »Sie ist ziemlich lang, aber ich möchte, daß Sie über meine Lage Bescheid wissen. Wenn Sie mir gestatten.«

»Gewiß«, rief Kerr. »Schießen Sie los.«
Wolfe begann zu lesen. Es nahm ganze zehn Minuten in Anspruch, aber er packte seine Zuhörerschaft. Ich muß zugeben, daß ich Mitgefühl für ihn empfand. Am liebsten hätte er doch diese Angelegenheit verschrottet und vergessen, aber da man ihn bereits gezwungen hatte, sie in schriftlicher Form in einer eidesstattlichen Erklärung niederzulegen und vor Hyatt zu wiederholen, mußte er das Ganze jetzt vor einer Versammlung von Mitgliedern seiner Berufsgenossenschaft wiederkäuen. Es mußte eine der bittersten Pillen sein, die er je zu schlucken gehabt hatte, aber er würgte sie hinunter. Als er geendet hatte, faltete er das Schriftstück wieder zusammen und reichte es mir.
Er stützte seine Ellenbogen auf die Sessellehne und spreizte die Fingerspitzen gegeneinander. »Heute morgen konnte ich Ihnen also nicht den Namen des Ermordeten nennen. Ich sprach dabei von meiner Schmach, und ich will nicht länger darauf eingehen. Möchte einer von Ihnen etwas geklärt haben? Irgendwelche Fragen?«
Offensichtlich hatte niemand eine. Wolfe ergriff wieder das Wort. »Mr. Goodwin sagte Ihnen am Telefon, daß ich Sie wegen etwas um Rat fragen möchte. Hier ist es. Wir alle sind in eine Morduntersuchung verwickelt und werden festgehalten. Mr. Goodwin und ich sind als Hauptzeugen verhaftet worden und auf Bürgschaft freigelassen. Ich weiß nicht, ob jemand von Ihnen verhaftet worden ist, aber gewiß ist Ihre Bewegungsfreiheit eingeschränkt worden. Ich denke, daß es zu unserem gemeinsamen Vorteil sein wird, unsere Informationen zusammenzutun, darüber zu sprechen und zu beschließen, was damit zu machen ist. Wir alle sind geübte und erfahrene Spürhunde.«
Amsel wollte zum Sprechen ansetzen, aber Wolfe winkte ab. »Bitte. Ehe Sie sich dazu äußern, lassen Sie mich klarstellen, daß weder Mr. Goodwin noch ich irgend etwas mit dem Tod jenes Mannes zu tun hatten noch irgend etwas darüber wissen. Möglicherweise trifft das auf Sie alle zu. Falls ja, ist der Wert meines Vorschlags eindeutig; wir wären Einfaltspinsel,

wenn wir nicht unsere Informationen und unseren Verstand zusammentäten. Falls nein, falls einer von Ihnen ihn tötete oder seine Hand im Spiel hatte, wird er uns gewiß nichts davon sagen, und wahrscheinlich wird er sich weigern, uns überhaupt eine Auskunft zu geben. Aber offensichtlich läge es im Interesse von uns andern, unsere Kenntnisse und unsere Findigkeit zu vereinen. Stimmen Sie mir zu?«

Zum erstenmal wechselten sie Blicke. Jay Kerr sagte: »Recht ordentlich. Hört, hört! Den letzten beißen die Hunde!«

»Das ist der richtige Ausdruck«, erklärte Amsel. »Wenn ich nicht mitspiele, bin ich der Sündenbock.«

»Ich habe eine Frage.« Das war Harland Ide. »Warum wurden Sie und Goodwin in Haft genommen und gegen Bürgschaft freigelassen?«

»Weil«, erklärte ihm Wolfe, »jener Mann – ich nehme an, daß Sie inzwischen alle wissen, daß sein Name Donahue war –, weil er Mr. Hyatt heute morgen eine Geschichte aufgetischt hat, die im Widerspruch zu meiner Erklärung stand. Er behauptete, mir seinen Namen als Donahue genannt zu haben, und ich hätte von der Ungesetzmäßigkeit des Abhörens gewußt.«

»Au weh«, meinte Kerr. »Kein Wunder, daß wir auspacken sollen.«

»Ich habe auch ›ausgepackt‹, Mr. Kerr. Ich werde jede Frage, die Sie stellen wollen, beantworten. Und ich versichere Ihnen, daß mich nicht Furcht vor einem unvermeidbaren Unheil, weder für Mr. Goodwin noch für mich selbst, antreibt. Ich möchte nur nach Hause.«

Dol Bonner ergriff das Wort. »Mir scheint, daß es nur um die Frage geht, ob es Zweck hat oder nicht. Wir haben bereits der Polizei alles erzählt, was wir wissen – ich wenigstens und Miss Colt, und morgen werden sie uns erneut vornehmen.« Sie richtete ihre Bernsteinaugen auf Wolfe. »Was für einen Sinn soll es haben?«

Er sah sie stirnrunzelnd an. Manchmal bemüht er sich wahrhaft, mit einer Frau zu reden, ohne sie finster anzustarren, aber er schafft es selten. »Möglicherweise keinen, gnädige

Frau. Aber wir beanspruchen für uns eine beträchtliche Portion Verstand, und vielleicht haben wir ihn auch. Falls ja, können wir ihn ebensogut nutzen, da sonst nur die Möglichkeit bleibt, stillzusitzen und vor uns hin zu brüten, in der Hoffnung, daß Mr. Groom entweder Verstand oder Glück hat. Haben Sie überhaupt schon Notizen ausgetauscht?«

Er erhielt dreimal ein Nein und zweimal Kopfschütteln.

»Dann wird es Zeit. Sie wissen noch nicht einmal, ob einer oder mehrere von Ihnen mit Sicherheit ausgeschlossen werden können. Angenommen, einer von uns tötete ihn, wissen Sie, wie die Zeitgrenze liegt? . . . Sie wissen es nicht. Offenbar hatten Sie nicht den Vorzug wie ich, Mr. Hyatts Geschichte gehört zu haben. Der Mord wurde zwischen halb zehn, als Mr. Hyatt Donahue allein in dem Zimmer ließ, und zehn Uhr – als ich und Mr. Goodwin hereinkamen - begangen. Angenommen, daß einer von uns ihn tötete – und diese Mutmaßung müssen wir aufrechterhalten, bis wir eine Rechtfertigung haben, sie fallenzulassen. Falls einer von Ihnen beweisen kann, daß er vor 9 Uhr 30 in Zimmer 42 ankam und dort blieb, kann er ausgeschlossen werden.«

»Ich nicht«, sagte Dol Bonner. »Miss Colt und ich kamen als erste, um zwanzig Minuten vor zehn Uhr. Ungefähr fünf Minuten später kam Mr. Ide und nach weiteren vier oder fünf Minuten Mr. Amsel. Der nächste war Mr. Kerr, und Sie und Mr. Goodwin kamen als letzte, kurz vor zehn. Ich nahm übel, daß man Sie zuerst aufrief, da wir alle vor Ihnen gekommen waren und meines Erachtens auch zuerst aufgerufen werden sollten.«

»Dann stecken wir alle drin. Als ich die Zeitgrenze zwischen 9 Uhr 30 und 10 Uhr angab, übersah ich die Möglichkeit, daß entweder Mr. Goodwin oder Miss Colt, oder beide – auf ihrem Weg zum Kaffeeholen – in Zimmer 38 schlüpfen und ihn töten konnten. Möchte einer diese Möglichkeit untersuchen?«

Sally Colt fing an zu kichern. Das war ein Schönheitsfehler, aber ich machte Zugeständnisse, weil es das erste Mal sein konnte, daß sie einen Mord aus nächster Nähe miterlebte, und deshalb natürlich nervös war. Ich kam ihr zu Hilfe. »Streichen Sie das von der Liste. Ich tat es nicht, sie tat es nicht, und wir taten es nicht.«

»Miss Colt?«

»Seien Sie nicht albern!« Ihre Stimme war lauter als nötig, und sie dämpfte sie. »Nein. Mr. Goodwin hat recht.«

»Gut. Das hat er oft.« Wolfe rutschte auf seinem Stuhl herum. Sein Hinterteil war seit sechs Uhr früh genug gestraft worden. »Wahrscheinlich nimmt die Polizei an, einer von uns hätte bei seiner Ankunft Donahue, der die Tür jenes Zimmers geöffnet haben konnte, um herauszuspähen, im Korridor gesehen und sich daran gemacht, ihn zu vernichten. Bei dieser Theorie sind wir in Schwierigkeiten. Für eine ausgedehnte Unterhaltung konnte nicht Zeit genug gewesen sein, wenn der Mörder das Gebäude nicht sehr viel früher betrat, ehe er in Zimmer 42 eintraf, und in dem Fall wird ihn die Polizei gewiß ohne unsere Hilfe fangen. Doch war aller Wahrscheinlichkeit nach der bloße Anblick von Donahue in diesem Gebäude ausreichend, um den Mörder seinen Tod auf der Stelle beschließen zu lassen. Trifft das auf einen von Ihnen zu? Ich habe Ihnen erschöpfend und offenherzig von meiner Verbindung mit jenem Manne berichtet. Hatte einer von Ihnen mit ihm zu tun?«

»Ich«, gestand Dol Bonner.

»Ja, Miss Bonner? Wollen Sie mehr darüber sagen?«

»Sicher. Ich habe es der Polizei erzählt, warum nicht Ihnen auch?« In ihrer Stimme schwang ein Anflug von Verachtung, ob für Wolfe oder für die andern, war nicht zu sagen. »Erst einmal überging ich etwas, aber nicht absichtlich. Als Miss Colt und ich im dritten Stock jenes Gebäudes anlangten, ging ich auf die Damentoilette, und sie ging in Zimmer 42. Es war zwanzig Minuten vor zehn, als ich dort zu ihr stieß. Die Polizei weiß das natürlich. Ich hörte auch, wie ein Polizeibeamter zu jemandem – ich glaube, es war der District Attorney – sagte, daß alle von uns die Leiche identifiziert hatten.«

»Sieh an.« Wolfes Stirn hatte sich beinahe geglättet. »Die

ganze Schar?«
»Das sagte er.« Ihr Blick schwenkte zu Ide, zu Amsel, zu Kerr und zurück zu Wolfe. »Meine Geschäfte mit ihm gleichen fast aufs Haar den Ihren. Er kam im April in mein Büro, gab als Namen Alan Samuels an und wollte, daß ich es einrichtete, seinen Privatanschluß – er wohnte in der Bronx – abhören zu lassen, unter genau den gleichen Abmachungen, die er bei Ihnen traf. Ich hatte keinen Archie Goodwin, der mich anstachelte, aber ich dachte, es könnte mir nichts schaden, etwas über Leitungsanzapfen zu lernen, wenn es legal geschehen konnte. Deshalb willigte ich in den Auftrag ein, falls er mir seine Personalien geben würde. Er zeigte mir einige Papiere – einen Führerschein und einige Briefe –, aber ich erklärte, daß das nicht ausreichte.«
Sie hielt inne, um zu schlucken. Offenbar erfüllte ihre Leistung sie mit genauso wenig Stolz wie Wolfe die seine. »Er sagte, daß er ein Konto auf der Bank um die Ecke habe – mein Büro liegt an der 50. Straße, Ecke Madison Avenue –, und bat mich, ihn dorthin zu begleiten. Ich hatte eine Verabredung, konnte das Büro nicht verlassen, deshalb bat ich Miss Colt, mit ihm zu gehen.« Sie drehte sich um. »Sally, jetzt sind Sie dran.«
Sally sah nicht sehr fröhlich aus. »Sie wollen, daß ich es erzähle?«
Dol Bonner bejahte, und Sally heftete ihren Blick auf Wolfe. Von meinem Blickwinkel aus konnte man in dem elektrischen Licht das Blaue in ihren Augen nicht erkennen, sie wirkten fast so schwarz wie Amsels. »Miss Bonner erklärte mir, um was es ging«, begann sie, »und ich begleitete ihn um die Ecke in die Madison Avenue zur Zweigstelle der Continental Trust Company. Er führte mich durch ein Türchen hinter der Abgitterung, wo vier Männer an Schreibtischen saßen, und er trat an einen der Schreibtische, auf dem ein kleines Namensschild mit dem Namen Frederick Poggett stand. Der Klient nannte den Mann an dem Schreibtisch Mr. Poggett, reichte ihm die Hand und erklärte, daß er in Verbindung mit einer geschäftlichen Angelegenheit seine Identität

beweisen müsse und ob Mr. Poggett ihn wohl identifizieren würde. Mr. Poggett sagte: ›Selbstverständlich‹, wandte sich an mich und erklärte: ›Dieser Herr ist Mr. Samuels, ein Kunde unserer Bank.‹ Ich fragte: ›Alan Samuels?‹, und er bejahte das und bot dann dem Kunden an, falls es sich um eine Kreditfrage handelte, gerne seinen Bankauszug bestätigen zu wollen. Der Klient meinte, das sei nicht nötig, und wir gingen. Wir kehrten ins Büro zurück, und ich erstattete Miss Bonner Bericht.«

Sie unterbrach sich und sah Dol Bonner an, die nickte und ihr Stichwort aufgriff. »In meinem Fall, Mr. Wolfe, war es nicht sein Sekretär, den er im Verdacht hatte, sondern sein Bruder, der im selben Haus wohnte, aber das ist nur eine Kleinigkeit. Er zahlte in bar tausend Dollar, und ich fand heraus, wie man die Leitung anzapfte, und machte mich ans Werk. Er sollte sich täglich um fünf Uhr seinen Bericht in unserem Büro abholen. Eines Morgens, als er den fünften Bericht erhalten hatte, rief er uns an und erklärte, daß er die Zapfstelle nicht länger benötige, und fragte, ob er mir noch etwas schulde. Ich sagte, ja, weitere fünfhundert Dollar, und nach ungefähr einer Stunde kam er vorbei und zahlte sie.«

Sie machte eine kleine Handbewegung. »Ich hatte ihn nie in Verdacht. Ich behaupte immer noch, daß es keinen Grund dazu gab. Aber als der ganze Tumult wegen der angezapften Leitungen losging und als man uns auferlegte, jegliche Beziehung, die wir dazu hatten, unter Eid darzulegen, ging ich zu der Bank und sprach mit Mr. Poggett. Miss Colt nahm ich mit. Er erinnerte sich natürlich an den Vorfall. Nachdem er sich die Karteikarte vorgenommen hatte, erklärte er mir, daß Alan Samuels ein Scheckkonto auf der Bank am 10. Februar eröffnet hatte, wobei er seine Geschäftsadresse in der Lexington Avenue angegeben hatte. Er, Poggett, hatte den Fall bearbeitet. Er wollte mir weder die Anzahl noch die Art der Referenzen, die Samuels angegeben hatte, nennen, aber er sagte, daß das Konto am 20. April, also einen Tag später, als er die Abhörstelle aufgegeben hatte, gelöscht wurde. Ich konnte die Adresse in der Lexington Avenue aus ihm herausbekommen. Natürlich argwöhnte ich, daß man mich an der Nase herumgeführt hatte, und ich – wollen Sie, daß ich weitererzähle? Von meinen Bemühungen, ihm auf die Spur zu kommen?«

»Nur, falls Sie ihn fanden. Hatten Sie Erfolg?«

»Nein. Das nächstemal, daß ich ihn sah, war heute in dem Zimmer. Tot.«

»Sie hatten ihn vorher nicht lebend gesehen?«

»Nein.«

»Wäre es nicht ein leichtes gewesen, Ihren Argwohn zu überprüfen – ihn entweder begründet oder unbegründet zu finden?«

»Oh.« Sie war verblüfft. »Das habe ich vergessen. Natürlich. Ich ging selber zu der Adresse in der Bronx. Ein Mann namens Alan Samuels lebte dort, aber es war nicht derselbe Mann.«

»Beichteten Sie ihm Ihr . . . hm, unbeabsichtigtes Eindringen in seine Intimsphäre?«

»Nein. Ich gestehe, daß ich es hätte tun sollen, aber ich tat es nicht. Mich widerte das Ganze an.«

»Haben Sie Erkundigungen über ihn eingezogen – über seinen Beruf, seine Lebensführung, seine Interessen?«

»Nein. Was hätte das schon genützt?«

»Wie lautet seine Adresse?«

»Ich denke . . .« Sie zögerte. »Ist das wichtig?«

Wolfe runzelte wieder die Stirn. »Kommen Sie, Miss Bonner. Sie ist wahrscheinlich in jedem Telefonverzeichnis der Bronx zu finden.«

Sie errötete ein wenig. »Es schien mir nur unwesentlich zu sein. Borchard Avenue Nr. 2970, in der Bronx.«

Wolfe drehte sich um. »Archie. Rufen Sie Mr. Cohen an. Geben Sie ihm Namen und Adresse, und sagen Sie ihm, wir möchten alle Auskünfte, die leicht zu beschaffen sind. Möglichst innerhalb einer Stunde.«

Ich stand auf und ging an den Apparat. Bei der Nummer der *Gazette* brauchte ich mein Notizheft nicht zu Rate zu ziehen. Ich bat die Versammlung, weiterzumachen, da ich gewohnt war, unter schwierigen Verhältnissen zu telefonieren, aber sie schwiegen höflich. Zu jener Nachtzeit hatte ich New York in zwanzig Sekunden, erwischte Lon und teilte ihm unseren Wunsch mit, aber es dauerte zwei Minuten, ihn loszuwerden. Er wollte einen Exklusivbericht über unsere Verhaftung und über die Sorte Knoten, mit der ich Donahues Krawatte gebunden hatte, und ich mußte unhöflich werden und den Hörer ohne Verabschiedung auflegen. Als ich zu meinem Stuhl zurückkehrte, lud Wolfe die Zuhörerschaft ein: »Will einer von Ihnen irgendwelche Fragen an Miss Bonner richten?«

Offensichtlich wollte das niemand.

»Ich denke, daß wir unsere Anerkennung für Miss Bonners Offenheit am besten zeigen, indem wir sie erwidern. Mr. Ide? Mr. Amsel? Mr. Kerr?«

Ide zwickte sich in die Hautfalte über seinem Adamsapfel. Amsel, seine Arme immer noch über der Rückenlehne seines Stuhls verschränkt, sah Wolfe an. Jay Kerr machte ein Geräusch, aber es war nur ein kleiner Rülpser.

»Ich verstehe«, sagte Wolfe, »daß Sie sich durch Ihren Beruf und Ihre Erfahrungen eine hohe Meinung über Diskretion gebildet haben, aber ich hoffe, Sie haben keinen Fetisch daraus gemacht. Miss Bonner zufolge hat jeder von Ihnen den Toten erkannt. Das heißt, daß Sie ihm nicht nur begegnet sind, sondern ihn auch unter Umständen kennengelernt haben, die es Ihnen als gefährlich – oder zumindest als unvorsichtig – erscheinen ließen, vorzugeben, ihn nicht zu kennen. Wie Miss Bonner sagte: Was Sie der Polizei erzählen, kann sicherlich auch hier gesagt werden, es sei denn, Sie hätten Grund zu der Befürchtung –«

»Was zum Teufel?« stieß Jay Kerr aus. »Gewiß kannte ich den Bastard!«

»Wir haben Damen hier«, wandte Amsel vorwurfsvoll ein.

»Es sind keine Damen, es sind Kollegen. Warum, war er nicht ein Bastard? Sehen Sie nur, wie er Wolfe und Dol Bonner an der Nase herumführte, zwei Fachleute von bestem Ruf. Ein Stinktier. Ich werde liebend gerne alles, was ich

über ihn weiß, ausposaunen, aber zuerst möchte ich einen Drink.«
»Ich bitte um Verzeihung«, entschuldigte sich Wolfe, und er meinte es ehrlich. »Fern von zu Hause bin ich nicht ich selbst, und ich vernachlässige sogar die kleinen Annehmlichkeiten. Archie, bitte.«

6

Dol Bonner nahm Weinbrand und Kaffee, Sally eine Rum-Cola – noch ein Schönheitsfehler. Ide nahm Tee mit Zitrone, Amsel einen doppelten Bourbon mit Wasser, Kerr einen doppelten Scotch mit Eis, und Wolfe wollte zwei Flaschen Bier und ich eine doppelte Portion Milch. Ab und zu genehmigte ich mir auch einen Drink, aber nicht, wenn ich mich meiner Freiheit nur gegen Kaution erfreue. Dann brauche ich meine ganze Geschicklichkeit.
Kerr hatte gesagt, daß er zuerst einen Drink haben wollte. Während wir darauf warteten, daß die Bestellungen heraufgebracht wurden, ging Wolfe noch ein paar Einzelheiten mit Dol Bonner durch, wie zum Beispiel das Datum von Donahues erstem Besuch bei ihr. Aber das war nur Zeitvertreib. Oder vielleicht auch nicht. Ich war froh, daß Fritz nicht da war. Er hat jede Frau, die über die Schwelle tritt, im Verdacht, seine Küche übernehmen zu wollen; von dem übrigen Haus ganz zu schweigen. Er hätte sich regelrecht gewunden. Dol Bonners bernsteinfarbene Augen und lange dunkle Wimpern waren keineswegs ihre einzigen Reize, außerdem war sie der richtige Jahrgang, hatte gesunden Menschenverstand bewiesen und einen recht annehmbaren Bericht erstattet. Darüber hinaus war sie noch eine Leidensgefährtin, da auch sie von Donahue zum Narren gehalten worden war. Natürlich, falls Wolfe ihr den Mord nachwies, wäre sie nicht länger eine Gefahr. Aber ich stellte fest, daß er sie nicht mehr mit einem Stirnrunzeln bedachte. Auch gut,

dachte ich. Wenn sie ihn einfängt und Sally mich einfängt, können wir alle Fälle zusammen lösen und ein Monopol in der Branche bilden.

Nachdem die Drinks gekommen und verteilt worden waren und Wolfe ein paar gesunde Schluck Bier genommen hatte, fixierte er Jay Kerr. »Ja, Sir? Sie wollten mit Ihrem Bericht anfangen.«

Kerr nippte an seinem Scotch. »Er hat mich auch reingelegt. Gekonnt. Nur nicht nach genau dem gleichen Motto. Bei ihm ging es um seine Frau. Er wollte, daß seine Privatleitung abgehört wurde – eine Apartmentwohnung in Brooklyn –, und wünschte einen vollständigen Bericht über jeden Anruf, ob von männlichen oder weiblichen Teilnehmern, da er annahm, daß sich ein männliches Wesen während seiner Abwesenheit dort herumtrieb, wo es nichts zu suchen hatte. Ich kann Ihnen, und auch Miss Bonner, sagen, daß er Sie übers Ohr gehauen hat. Er gab mir gleich zu Anfang zweitausend Dollar und noch weitere zweitausend später.«

»Vielen Dank. Das nächstemal werde ich mehr verlangen. Wann war das?«

»Es war Anfang April, als er mit mir in Verbindung trat. Nach zwei Wochen – sechzehn Tagen, wenn ich mich recht entsinne – kündigte er die Abhörstelle und rechnete ab.«

»Wie war sein Name? Der Name, den er angab?«

Kerr nippte wieder, schluckte und zog eine Grimasse. »Dieser Whisky hat nicht den richtigen Geschmack, aber das ist nicht die Schuld des Whiskys. Ich habe Kohl zu Abend gegessen. Sein Name, nun, er nannte sich Leggett. Arthur M. Leggett.«

»Das hört sich bekannt an. L–e–g–g–e–t–t?«

»Ja, genau.«

»Ich habe ihn schon gehört. Archie?«

»Hm«, stimmte ich zu. »Er ist der Boß von irgend etwas.«

»Er ist der Präsident der Metropolitan-Bürger-Liga«, warf Dol Bonner ein.

Diese Frau ging mir auf die Nerven. Jetzt gab sie Wolfe schon Auskünfte, nach denen er mich vergeblich fragte, und

sie waren noch nicht einmal verlobt. Wolfe dankte ihr höflich. Nichts gegen Höflichkeit, aber ich hoffte, daß er keinen Fetisch daraus machte. »Wie bekräftigte er seine Identität?« fragte er Kerr.
»Durch nichts.«
Kerr nippte noch einmal, zog wieder eine Grimasse, und Wolfe wandte sich zu mir und bellte: »Probieren Sie diesen Whisky.«
Ich selbst hatte den gleichen Gedanken gehabt. Es begann so auszusehen, als ob wir einen Mörder in unserer Gesellschaft hatten, und nicht nur das; es war noch nicht lange her, als ein Kerl namens Asse direkt in unserem Büro einen Drink, der ihm von mir serviert worden war, hinunterstürzte und tot umgefallen war. Zyankali. Wolfe wollte keine Wiederholung dieser Szene, und ich ebenfalls nicht. Ich bat Kerr, seinen Drink probieren zu dürfen, und er sagte, was zum Teufel, reichte ihn mir aber. Ich nahm einen Tropfen, verteilte ihn mit meiner Zunge, ließ ihn hinunterrieseln, wiederholte das Ganze mit einem Fingerhut voll und reichte ihn zurück.
»Okay«, beruhigte ich Wolfe. »Es muß der Kohl sein.«
Wolfe grunzte. »Sie sagten, daß er sich nicht auswies, Mr. Kerr. Warum nicht?«
»Warum sollte er?« fragte Kerr zurück. »Wissen Sie, wie viele Männer im Stadtgebiet durchschnittlich pro Woche ihre Ehefrauen verdächtigen? Hunderte. Tausende! Einige von ihnen kommen zu mir, damit ich ihnen helfe. Ein Mann taucht auf und will mich für die Dienste einer Fachkraft bezahlen. Warum sollte ich bezweifeln, daß er weiß, wer er ist? Falls ich alle ihre Angaben überprüfen sollte, würde mich das meine ganze Zeit kosten.«
»Sie müssen diesen Namen schon einmal gehört haben, Arthur M. Leggett. Sie, mit Ihrem ausgedehnten – äh – Betätigungsfeld.«
Kerr reckte sein Kinn hoch. »Hören Sie, sind Sie ein Polyp? Oder einer von uns?«
»Ich bin einer von uns.«
»Dann zeigen Sie es. Überlassen Sie es den Polypen, mir zu

sagen, welche Namen ich schon gehört haben muß. Machen Sie sich keine Sorgen, das haben sie und das werden sie. Und ich berichtete über die Abhörstelle in meiner Erklärung an den Innenminister, weil die Moral es erforderte und weil ich wußte, daß es unumgänglich war. Ich wußte, daß zwei der Techniker nicht dichtgehalten hatten, und ich wäre verloren gewesen, wenn man mich mit einer Sache in Zusammenhang gebracht hätte, über die ich nicht Bericht erstattet hatte.«

Wolfe nickte. »Wir haben kein Verlangen, Sie zu quälen, Mr. Kerr. Wir bitten Sie nur, Ihren Anteil für unsere Informations-Sammlung beizusteuern. Sie hatten Ihren Klienten nicht im Verdacht, nicht Arthur M. Leggett zu sein?«

»Nein.«

»Und haben ihn nie verdächtigt?«

»Nein.«

»Dann müssen Sie ihn, als man Sie heute die Leiche besichtigen ließ, als Arthur M. Leggett identifiziert haben.«

»Genau das tat ich.«

»Ich verstehe.« Wolfe dachte einen Augenblick nach. »Warum nicht? Und natürlich waren Sie betroffen und aufgebracht, als Sie erfuhren, daß das nicht sein Name war. Und jetzt haben Sie einige harte Ausdrücke für ihn auf Lager. Damit stehen Sie nicht allein. Ich habe sie auch; ebenfalls Miss Bonner, und auch zweifellos Mr. Ide und Mr. Amsel.« Er leerte sein Bierglas, füllte es wieder, behielt es so lange im Auge, um achtzugeben, daß der aufsteigende Schaum nicht über den Rand schwemmte, und hob dann den Blick. »Das stimmt doch, Mr. Ide?«

Ide stellte seine Tasse auf meinen Koffer auf dem Gestell, den ich ihm als Tisch angeboten hatte. Er räusperte sich. »Ich möchte sagen, Mr. Wolfe, daß ich mich besser als vorher fühle, seit ich in diesem Zimmer bin.«

»Fein. Da es mein und Mr. Goodwins Zimmer ist, bin ich erfreut.«

»Ja, Sir. Meine Erfahrungen mit jenem Mann ähneln den Ihren und denen von Miss Bonner, und ich habe es zutiefst bereut. Er hinterging mich, wie er Sie hinterging, und in der gleichen Art und Weise. Falls ich es Ihnen in allen Einzelheiten erzählte, wäre es nur eine Wiederholung Ihres und Miss Bonners Berichts.«

»Nichtsdestoweniger möchten wir es gerne hören.«

»Das erscheint mir überflüssig.«

Ides Ton hatte sich ein wenig verschärft, aber Wolfe blieb leutselig. »Die eine oder andere Einzelheit mag einen Anhaltspunkt geben. Oder zumindest eine Bestätigung. Wann geschah es?«

»Im April.«

»Wieviel zahlte er Ihnen?«

»Zweitausend Dollar.«

»Gab er seinen Namen als Donahue an?«

»Nein. Einen andern Namen. Wie ich sagte, verfuhr er nach fast dem gleichen Muster wie bei Ihnen.«

»Wie wies er sich aus?«

»Ich ziehe vor, darüber zu schweigen. Ich habe es ziemlich falsch angepackt. Diese Einzelheit ließ ich in meiner Erklärung an den Innenminister weg. Ich nehme an, daß Mr. Hyatt beim Verhör darauf bestehen wird, aber ich glaube nicht, daß das Ganze veröffentlicht wird, und ich will es nicht an die Öffentlichkeit bringen, indem ich es hier erzähle. Ich wollte sagen, der Grund, daß ich mich jetzt besser fühle, ist der Trost zu wissen, daß ich nicht der einzige bin, den er zum Narren gehalten hat.«

»Das stimmt wahrhaftig. Wir alle haben uns für die Narrenkappe qualifiziert.« Wolfe trank von seinem Bier und leckte sich mit der Zunge die Lippen. »Wie ging es zu Ende? Sind Sie dahintergekommen, oder hat er die Abhörstelle abgeblasen, wie bei Miss Bonner oder Mr. Kerr?«

»Das möchte ich lieber nicht sagen.« Nach dem Ausdruck auf Ides knochigem Gesicht mit der langen Hakennase zu urteilen, hätte er am liebsten das Gespräch auf ein harmloses Thema, wie das Wetter, gebracht. »Ich sage nur soviel: Die Abhörstelle wurde nach zehn Tagen aufgegeben, und damit endeten meine Beziehungen zu ihm. Wie Sie, Miss

Bonner und Mr. Kerr, sah ich ihn erst heute wieder, und da war er eine Leiche.«
»Und Sie identifizierten die Leiche?«
»Ja. Es gab keine andere ... es wäre Wahnsinn gewesen, es nicht zu tun.«
»Sie identifizierten sie unter dem Namen, den er Ihnen angab, als er Sie beauftragte?«
»Natürlich.«
»Wie lautete der Name?«
Ide schüttelte den Kopf. »Es war der Name eines ehrbaren, ordnungsliebenden Bürgers. Ich suchte diesen auf und erzählte ihm davon, und er war so freundlich, meine Entschuldigung anzunehmen. Er ist ein sehr feiner Mann. Ich hoffe, daß sein Name nicht in einen Mordfall gezogen werden muß; ich jedenfalls werde es nicht tun.«
»Aber Sie haben ihn natürlich der Polizei genannt?«
»Nein, noch nicht. Aber man wird mich vielleicht dazu nötigen. Ich kann meine Karriere nicht dadurch beenden lassen, daß man mir die Lizenz fortnimmt.«
Wolfes Blick schweifte in die Runde. »Ich schlage vor, wir lassen die Frage offen, ob Mr. Ide seinen Beitrag geleistet hat, zumindest, bis wir Mr. Amsel angehört haben.« Der Blick blieb auf Steve Amsel haften. »Nun, Sir?«
»Wenn ich nicht mitspiele, bin ich der schwarze Mann, he?«
»Ganz so einfach ist es nicht«, belehrte ihn Wolfe. »Aber Sie haben uns gehört und sind jetzt selbst an der Reihe.«
»Den letzten beißen die Hunde«, erklärte Kerr.
»Blödsinn. Hat man mich etwa gefragt?« Es war noch ein Finger hoch Bourbon mit Wasser in seinem Glas, und er machte damit Schluß, stand auf, um das Glas auf die Kommode zu stellen, zog eine Zigarette heraus, zündete sie an und lehnte sich mit dem Rücken gegen die Kommode. »Ich werde Ihnen sagen, wie es ist«, meinte er. »Bei mir liegt der Fall anders. Eins vorweg, ich war ein Tölpel, daß ich dieses steife Etwas identifizierte, aber dort lag er, und in einem solchen Fall kann man sich nicht drücken. Man muß ja oder nein sagen, und ich sagte ja. Da wären wir also. Miss Bon-

ner sagte, wir könnten uns ebensogut gegenseitig erzählen, was wir der Polizei gesagt haben, und das akzeptiere ich. Aber mein Problem ist nicht wie das Ihre. Sehen Sie, ich identifizierte ihn als einen Kerl namens Bill Donahue, den ich früher einmal gekannt hatte.«

Sechs Augenpaare waren bereits auf ihn gerichtet, und jetzt zog er sie völlig in den Bann. Er grinste in die Runde.

»Ich sagte, mein Fall liegt anders. Ich habe es ausbaden müssen. Und was habe ich der Polizei erzählt? Ich sagte ihnen, daß ich ihn im letzten Frühjahr ein paarmal gesehen hatte, aber es war ziemlich verschwommen, ich konnte mich nicht an viel erinnern, außer daß er mich einmal bat, für ihn eine Leitung abzuhören, und ich es ihm abschlug. Sie wollten wissen, wessen Leitung er angezapft haben wollte, und ich versuchte mich daran zu erinnern, aber vergeblich. Ich sagte, ich wüßte noch nicht einmal sicher, ob er mir den Namen genannt hatte. Das habe ich also der Polizei erzählt, und das erzähle ich Ihnen.«

Er ging zu seinem Stuhl und ließ sich nieder.

Immer noch hingen alle Augen an ihm. Wolfes waren halb geschlossen, als er sagte: »Ich denke, Mr. Amsel, daß Sie seit Ihrer Unterredung mit der Polizei Ihr Gedächtnis etwas aufgefrischt haben. Möglicherweise können Sie uns jetzt über die Gelegenheiten, bei denen Sie Donahue im letzten Frühjahr sahen, etwas Genaueres sagen.«

»Nichts zu machen. Alles nur verschwommen.«

»Oder über den Namen des Mannes, dessen Leitung er anzapfen lassen wollte?«

»Nein. Tut mir leid.«

»Da fällt mir etwas ein. Mr. Kerr hat gesagt, er wüßte, daß – um seine Worte zu gebrauchen – zwei der Techniker ›nicht dichtgehalten haben‹. Angenommen, daß Ihr Gedächtnis Sie auch bei einer anderen Einzelheit im Stich ließ, angenommen, daß Sie die Abhöranlage einrichteten und es vergessen wollen – nur eine Annahme! –, würde Ihre Lage nicht ziemlich unhaltbar sein, falls sich einer der Techniker daran erinnert?«

»Nur als Annahme?«
»Gewiß.«
»Nun, ich habe gehört, daß eine Menge Techniker dabei waren. Ich denke, daß sie heutzutage ziemlich rar sind. Angenommen, daß diejenigen, die ›nicht dichthielten‹, nicht diejenigen waren, die ich beschäftigte? Angenommen, daß meine dichthalten?«
Wolfe nickte. »Ja, wenn ich Vermutungen aufstellen kann, können Sie es auch. Ich verstehe Ihre Abneigung, uns etwas zu enthüllen, das Sie der Polizei verschwiegen haben, aber ich denke, daß wir mit Recht folgendes fragen können: Erwähnten Sie diesen Vorfall in Ihrer Erklärung an den Innenminister?«
»Welchen Vorfall?«
»Ihre Weigerung, die Abhöranlage auf Donahues Wunsch hin einzurichten?«
»Warum sollte ich? Uns wurde gesagt, alle Abhörstellen anzugeben. Uns wurde nicht gesagt, über Verweigerungen solcher Aufträge Auskünfte zu geben.«
»Sie haben ganz recht. Erwähnten Sie Donahues Namen überhaupt in der Erklärung?«
»Nein. Wozu?«
»Nur so. Sie haben natürlich wieder recht. Ich bin sicher, daß Sie mir beipflichten, Mr. Amsel, daß Ihr Beitrag sogar noch dürftiger ist als Mr. Ides. Ich weiß nicht –«
Das Telefon läutete, und ich ging an den Apparat. Es war Lon Cohen. Während ich mit ihm sprach, oder ihm vielmehr zuhörte, öffnete Wolfe die zweite Bierflasche und schenkte ein. Die Gäste verharrten höflich in Schweigen, wie zuvor. Wiederum bestand Lon, als er geendet hatte, auf einem genauen Tatsachenbericht, und ich versprach, ihn mit einer achtspaltigen Schlagzeile zu versorgen, sobald wir sie hätten. Ich bat ihn, eine Minute am Apparat zu bleiben, und informierte Wolfe: »Alan Samuels ist ein Makler im Ruhestand, in der Wall Street. Er könnte auf der Park Avenue wohnen, zieht aber die Bronx vor. Seine Frau starb vor fünf Jahren. Er hat zwei Söhne und zwei Töchter, alle verheiratet.

Er spendet Geld für wohltätige Zwecke, nichts Aufsehenerregendes. Harvard-Club. Direktor der Ethische-Kultur-Gesellschaft. Vor einem Jahr vom Gouverneur zum Mitglied des Wohltätigkeits-Fonds-Untersuchungs-Komitees ernannt. Ich habe noch mehr, aber es ist nicht sehr aufregend. Natürlich haben Sie den Punkt erkannt, der eventuell interessant sein könnte.«
»Ja. Ist er noch am Apparat? Besorgen Sie die Namen der Mitglieder jenes Komitees.«
»Ist recht.« Ich sprach wieder mit Lon. Er meinte, er müßte die Akten kommen lassen, und tat das und verlangte in der Zwischenzeit ein paar vertrauliche Informationen. Ich konnte ihm nicht gut klarmachen, daß die andern Verdächtigen hier in unserem Zimmer saßen und Wolfe sein verflixt möglichstes tat, einen Riß zu finden, in den er einen Keil treiben konnte. Daher gab ich ihm eine rührselige Story über Nero Wolfes Verhalten im Gefängnis und andere kleine Streiflichter. Die Liste kam, er las sie vor, und ich schrieb die Namen auf. Dann gab ich ihm den Rat, die Schlagzeile nicht noch rechtzeitig für die Frühausgabe zu erwarten. Ich riß das Blatt aus meinem Notizblock und reichte es Wolfe. »Das ist alles. Nur fünf Mitglieder, einschließlich des Vorsitzenden.«
Er betrachtete das Papier und grunzte. Dann sah er die Kollegen an. »Nun also. Sie mögen sich aus meiner Erklärung erinnern, daß Otis Ross der Vorsitzende des Wohltätigkeits-Fonds-Untersuchungs-Komitees ist. Sie hörten gerade, daß Alan Samuels ein Mitglied dieses Komitees ist. Ebenso Arthur M. Leggett. Die Namen der andern zwei Mitglieder sind James F. Finch und Philip Maresco. Es ist schade, daß wir nur drei von fünf kennen. Falls die Liste vollständig wäre, würde es mehr als nur vielsagend sein, es würde den Fall abschließen. Können Sie uns helfen, Mr. Ide?«
Ide sah unbehaglich drein. Er kniff wieder in die Haut über seinem Adamsapfel, aber das schien nicht zu helfen, und er versuchte auf seiner Unterlippe zu knabbern, doch da seine Zähne von bräunlichgelber Farbe waren, machte ihn das kaum ansehnlicher. »Ich sagte, ich wollte seinen Namen

nicht in diesen Skandal hineinziehen. Aber jetzt *ist* er drin. Ich kann es nicht ändern. Sie haben ihn genannt.«

»Das wären vier. Hat es Sinn, Vermutungen darüber anzustellen, ob es Finch oder Maresco war?«

»Nein. Es war Finch.«

Wolfe nickte. »Dann bleibt nur Maresco übrig, und ich hoffe, daß er nicht vernachlässigt wurde. Mr. Amsel, erweckt dieser Name, Philip Maresco, nicht ein Echo in Ihrem Gedächtnis? Zumindest ein schwaches?«

Amsel grinste ihn an. »Nichts zu machen, Wolfe. Mein Gedächtnis ist ziemlich schlecht geworden. Wenn Sie meinen Rat wollen, lassen Sie mein Gedächtnis beiseite. Es ist eine Spielerei. An Ihrer Stelle würde ich es für gegeben hinnehmen.«

»Sehr gut ausgedrückt. Zufriedenstellend. Halten Sie es für möglich, Ladies und Gentlemen, es sei bloßer Zufall gewesen, daß die fünf Männer, deren Leitungen Donahue abhören lassen wollte, alles Mitglieder jenes Komitees waren?«

Das glaubten sie nicht.

»Ich auch nicht. Sicherlich verdient es eine Untersuchung. Miss Bonner, wieviel befähigte Detektive, Miss Colt nicht mitgezählt, stehen zu Ihrer sofortigen Verfügung?«

Sie war überrascht. »Was ... Sie meinen jetzt? Heute nacht?«

»Heute nacht oder morgen früh. Wie spät ist es, Archie?«

»Viertel nach elf.«

»Dann muß morgen früh reichen. Wie viele?«

Sie dachte nach und rieb ihre Lippen mit einer Fingerspitze. Ich gebe zu, daß an ihren Lippen nichts auszusetzen war und daß sie hübsche Hände hatte. »Ich beschäftige eine Frau und zwei Männer. Außer ihnen setze ich vier Frauen und drei Männer bei Gelegenheitsaufträgen ein.«

»Macht zusammen zehn. Mr. Ide?«

»Was soll das?« wollte Ide wissen.

»Ich erkläre es nachher. Jetzt nur: wie viele?«

»Es hängt von Ihrer Auslegung des Wortes ›befähigt‹ ab. Ich habe zwölf gute Männer unter meinem Personal. Acht oder zehn weitere könnte ich auf die Beine stellen.«

»Sagen wir zwanzig. Macht insgesamt dreißig. Mr. Kerr?«

»Neun. Im Notfall könnte ich vielleicht noch fünf, sechs weitere zusammenkratzen.«

»Fünfzehn. Macht fünfundvierzig zusammen. Mr. Amsel?«

»Ich passe.«

»Überhaupt keinen?«

»Nun, vielleicht. Ich habe kein Personal. Warten Sie, bis ich weiß, worum es geht, dann vielleicht.«

»Dann also fünfundvierzig.« Wolfe richtete sich abrupt hoch. »Jetzt, wenn Sie mir gestatten, muß ich meinen Verstand ordnen. Es wird nicht lange dauern. Ich bitte Sie alle, zu bleiben, um einen Vorschlag, den ich machen möchte, anzuhören. Und Sie müssen durstig sein. Für mich eine Flasche Bier, Archie.«

Er rückte seinen Stuhl zu einem der Fenster hinüber, drehte sich um und setzte sich mit dem Rücken zum Zimmer.

Alle bestellten noch einmal das gleiche, bis auf Sally, die zu Kaffee überging, und Ide, der dankend ablehnte. Nachdem ich die Bestellung nach unten telefoniert hatte, sagte ich ihnen, daß sie sich nicht um Dämpfung ihrer Stimmen zu bemühen brauchten, da nichts, was außerhalb seiner Gehirnschale vor sich ging, Wolfe stören konnte, wenn er sich auf deren Inneres konzentrierte. Sie standen auf, um sich die Beine zu vertreten, und Harland Ide fragte Dol Bonner über ihre Erfahrungen mit weiblichen Detektiven aus, und Kerr und Amsel gesellten sich zu ihnen und machten eine allgemeine Streitfrage daraus. Die Getränke kamen und wurden ausgeteilt, und sie fuhren fort, Ansichten und Meinungen auszutauschen. Man hätte annehmen können, daß es nur ein geselliges Treffen war, und daß nicht eine Morduntersuchung, ganz zu schweigen von einer behördlichen Ermittlung, die einige von ihnen die Lizenz kosten konnte, über ihnen schwebte, wenn man die häufigen Blicke auf Wolfes Rücken übersah. Ich schloß, daß die Männer zu der Übereinstimmung gelangten, Frauen seien auf ihrem Platz am besten aufgehoben. Und das war meiner Ansicht nach wohl

auch die Einstellung der Höhlenmenschen und ihrer ganzen männlichen Nachkommen gewesen. Die Frage war und ist es noch: Wo ist dieser Platz? Ich hoffte nur, daß niemand Wolfe den Floh ins Ohr setzte, daß Dol Bonners Platz in dem alten Sandsteinhaus in der 35. Straße wäre.
Als er endlich aufstand und seinen Stuhl umdrehte, blickte ich auf meine Armbanduhr. Acht Minuten vor Mitternacht. Er hatte für das Ordnen seines Verstandes eine halbe Stunde gebraucht. Er rückte den Stuhl wieder auf seinen früheren Platz, setzte sich, und die anderen folgten seinem Beispiel.
»Wir konnten es ticken hören«, sagte Steve Amsel.
Wolfe musterte ihn stirnrunzelnd. »Wie bitte?«
»In Ihrem Gehirnkasten. Die Tasten.«
»Oh. Zweifellos.« Wolfe war kurz angebunden. »Es ist spät, und wir haben Arbeit vor uns. Ich habe eine Hypothese entwickelt, die wir als Ausgangsbasis für den Mord nehmen können. Ich möchte sie beschreiben und eine gemeinsame Aktion vorschlagen. Ich beabsichtige, Sie alle um Ihre volle Mithilfe zu bitten, und ich erwarte Ihre Zustimmung. Ich werde versuchen, meinen Beitrag zu leisten, obgleich ich keine Organisation wie die von Mr. Ide oder Mr. Kerr vorweisen kann. Archie, ich muß mit Saul Panzer sprechen, und zwar vertraulich. Kann ich das von hier aus?«
»Guter Gott, nein.« Ich hätte ihn treten können, eine solch dämliche Frage vor unseren Kollegen zu stellen. »Zehn zu eins, daß Groom davon in zehn Minuten Wind bekommt. Und auch nicht von einer Telefonzelle im Hotel. Sie müssen nach draußen in eine Zelle gehen.«
»Können Sie zu dieser Stunde eine finden?«
»Sicher. Dieses ist die Stadt Albany.«
»Dann tun Sie das bitte, und rufen Sie ihn an. Sagen Sie ihm, ich riefe ihn um acht Uhr früh bei sich zu Hause an. Falls er andere Verpflichtungen hat, bitten Sie ihn, sie rückgängig zu machen. Ich brauche ihn.«
»Gut. Sobald wir hiermit fertig sind.«
»Nein, jetzt bitte.«

Ich hätte ihn noch mal treten können, aber es ging nicht an, daß ich mir mit einer handgreiflichen Beschwerde vor versammeltem Publikum Luft machte. Ich holte mir Hut und Mantel und trollte mich.

7

Falls es Sie nicht mehr als mich selbst interessiert, wie ich den nächsten Tag, Dienstag, verbracht habe, werden Sie die nächsten vier Minuten vor Langeweile gähnen.
Es gab Ereignisse, doch keine Fortschritte, soweit ich feststellte. Aber zuerst über Montag nacht und Saul Panzer. Saul ist das Beste, was es gibt, und er konnte es mit den ganzen fünfundvierzig Detektiven unserer Kollegen aufnehmen, aber er sollte früher nach Hause und zu Bett gehen. Ich fand mühelos eine Telefonzelle in einem Grill-Restaurant, wählte die Nummer und erhielt keine Antwort. Zurückzugehen, mich der Konferenz anzuschließen und es später noch einmal zu versuchen, kam nicht in Frage. Wenn Wolfe mich mit einem Auftrag losschickt, möchte er ihn erledigt haben, und was das angeht, ich ebenfalls. Ich wartete fünf Minuten und versuchte es noch einmal, und nach weiteren zehn Minuten unternahm ich abermals einen Versuch. Das ging noch so weiter, und es war Viertel nach eins, als ich ihn endlich erwischte. Er erklärte, daß er einen Beschattungs-Auftrag für Baxom auszuführen hatte und diesen morgen mittag erneut aufnehmen würde. Ich sagte, daß er das nicht tun würde, es sei denn, er wünschte mich und Wolfe des Mordes angeklagt und wahrscheinlich für schuldig befunden zu sehen, und ich bat ihn, auf einen Anruf um acht Uhr früh zu warten. Ich beschrieb ihm die Höhepunkte unseres heiteren Tagesablaufes, wünschte ihm gute Nacht, kehrte zum Hotel zurück, hinauf zu Zimmer 902 und traf Wolfe im Bett fest schlafend an. Er hatte das dem Fenster nächstgelegene Bett in Beschlag genommen; das Fenster

stand weit offen, und das Zimmer war so eiskalt wie die gestrige Leiche. Von der halboffenen Badezimmertür drang genug Licht herein, daß ich mich dabei ausziehen konnte. Wenn ich schlafe, schlafe ich tief, aber selbst so hatte ich es nicht für möglich gehalten, daß ein Ungetüm von seiner Größe aus dem Bett klettern, herumstöbern und sich anziehen konnte, ohne mich zu wecken. Dazu noch in der Kälte. Ich hätte ihn gerne dabei beobachtet. Was ich endlich hörte, war das Klicken, als er den Türknauf aufdrehte. Ich öffnete die Augen, schnellte hoch und fragte: »He, wohin gehen Sie?«

Er drehte sich auf der Schwelle um. »Saul anrufen.«

»Wie spät ist es?«

»Nach Ihrer Armbanduhr zwanzig nach sieben.«

»Sie sagten doch acht Uhr!«

»Ich kümmere mich zuerst um etwas zu essen. Schlafen Sie weiter. Es gibt nichts zu tun, nach meinem Gespräch mit Saul.« Er zog die Tür hinter sich zu und war verschwunden. Ich wälzte mich auf die andere Seite, sorgte mich ein wenig, wie er sich wohl in eine Telefonzelle zwängen würde, und schlief wieder ein.

Doch nicht so tief wie zuvor. Bei dem Geräusch seines Schlüssels im Schloß war ich hellwach. Ein Blick auf meine Armbanduhrbelehrte mich, daß es 8 Uhr 35 war. Er trat ein, schloß die Tür, legte Hut und Mantel ab und hängte sie in den Schrank. Ich fragte, ob er Saul erreicht habe, und er sagte ja, es sei zufriedenstellend. Ich fragte, wie es letzte Nacht gewesen sei, ob unsere Kollegen ihre Mitwirkung zugesagt hätten, und er antwortete ja, es sei zufriedenstellend. Ich fragte, wie das Programm für uns laute, und er meinte, es gebe keines. Ich fragte ihn, ob das auch zufriedenstellend sei, und er bejahte. Während dieser Unterhaltung entledigte er sich seiner Klamotten. Er entkleidete sich, ohne sichtbare Reaktion auf die Eiseskälte, zog seinen Pyjama an, schlüpfte ins Bett und unter die Decken und drehte mir den Rücken zu.

Jetzt schien ich an der Reihe zu sein; ich war munter, es

ging auf neun Uhr zu, und ich war hungrig. Ich rollte aus den Federn, ging ins Badezimmer, wusch und rasierte mich, zog mich an, wobei ich ein wenig Mühe hatte, mein Hemd zuzuknöpfen, so zitterte ich. Dann ging ich in die Hotelhalle, kaufte eine *Times* und eine *Gazette*, marschierte weiter in den Speisesaal und bestellte Orangensaft, Pfannkuchen, Rührei und Kaffee. Endlich, als ich von dem Willkommensfrühstück genug hatte, wechselte ich in die Halle hinüber und studierte die Zeitungen. Es gab darin nichts über den Mord an William A. Donahue, was ich nicht bereits wußte, außer einigen nutzlosen Einzelheiten, wie zum Beispiel die Meinung des untersuchenden Mediziners, daß er zwischen zwei und fünf Stunden, ehe er zu ihm kam, gestorben war. Es war das erste Mal, daß die *Gazette* Bilder von Wolfe und mir als Gefängnisinsassen veröffentlicht hatte. Dasjenige von mir war recht ordentlich, aber Wolfes war abscheulich. Dann war da eins von Albert Hyatt, sehr gut, und eines von Donahue, das offenbar, nachdem der Spezialist sein Gesicht ausgebessert hatte, aufgenommen worden war. Ich ging nach draußen, um etwas frische Luft zu schnappen, schlug meinen Mantelkragen als Schutz gegen den Wind hoch, der beinahe so kalt wie auf Zimmer 902 war, und stellte fest, daß ein Spaziergang mehr Spaß machte, wenn man ihn nur gegen Bürgschaft genoß. Man wünscht weiterzugehen, immer weiter und nie anzuhalten. Es war nach elf Uhr, als ich zum Hotel zurückkam, den Fahrstuhl zum neunten Stockwerk nahm und mich in die Tiefkühltruhe einließ.

Wolfe lag immer noch im Bett und rührte sich bei meinem Eintritt nicht. Ich stierte ihn nicht allzu sanftmütig an. Ich erwog immer noch die Lage, als hinter mir an der Tür geklopft wurde, recht laut sogar. Ich drehte mich um, öffnete, und ein überlebensgroßes Individuum trat ein, wobei es mich fast umrannte. Der kam mir gerade recht. Ich fing ihn mit ausgetreckten Armen ab, und er wankte zurück und ging beinahe zu Boden.

»Ich bin ein Polizeibeamter«, bellte er.

»Sagen Sie das doch. Selbst wenn es stimmt, bin ich keine

Fußmatte. Was wollen Sie?«
»Sind Sie Archie Goodwin?«
»Ja.«
»Sie werden im Büro des District Attorney gewünscht. Sie und Nero Wolfe. Ich bin hier, um Sie dorthin zu bringen.«
Die richtige Art, das zu erledigen, wäre gewesen, ihm zu sagen, wir würden es wohlwollend erwägen und ihn unseren Bescheid wissen lassen, und ihm die Tür vor der Nase zuzuschlagen. Aber ich grollte Wolfe mehr als ihm. Es hatte keinen sinnvollen Grund gegeben, mich nach draußen zu schikken, um Saul anzurufen, ehe die Konferenz zu Ende war. Es war absolut kindisch gewesen, daß er sich, als er von dem Gespräch mit Saul zurückkehrte, wieder ins Bett legte, ohne mir gegenüber auch nur eine Andeutung zu machen, was los war. Ich hatte ihm angeboten, die Schuld zu teilen, aber nein, ich war der Sündenbock, und er war der Löwe. Deshalb gab ich dem Gesetzeshüter den Weg frei, drehte mich um und sah, wie Wolfe uns aus offenen Augen anstarrte.
»Das ist Mr. Wolfe«, erklärte ich dem Tolpatsch.
»Aufstehen und anziehen«, kommandierte er. »Ich führe Sie zum Verhör in das Büro des District Attorney.«
»Quatsch.« Wolfes Stimme war eisiger als die Luft im Zimmer. »Ich habe Mr. Hyatt und Mr. Groom alle Auskünfte, die ich besitze, gegeben. Falls der District Attorney mich in einer Stunde oder so sprechen möchte, lasse ich ihn vielleicht herein. Sagen Sie Mr. Groom, er sei ein Esel. Er hätte mich nicht in Haft nehmen sollen. Jetzt hat er keine Drohung, mit der er mich zwingen kann, außer mich des Mordes anzuklagen oder meine Bürgschaft aufheben zu lassen; und das eine wäre unbesonnen und das andere recht schwierig. Hinaus hier! Nein. Ha! Nein, tatsächlich. Archie, wie ist dieser Mann hier hereingekommen?«
»Zu Fuß. Er klopfte an, und ich öffnete die Tür.«
»Ich verstehe. Sie, der Sie ein wahrer Horatius sein können und es auch meistens sind. Ich verstehe.« Seine Blickrichtung änderte sich. »Sie, Sir! Sind Sie nur nach mir oder nach uns beiden geschickt worden?«

»Nach Ihnen beiden.«
»Gut. Nehmen Sie Mr. Goodwin mit. Mich können Sie nur mit Gewalt holen, und ich bin zu schwer, um hochgestemmt zu werden. Der District Attorney kann mich später wegen einer Verabredung anrufen, aber ich bezweifle, daß er sie erhält.«
Der Tolpatsch zögerte, öffnete den Mund, schloß ihn und öffnete ihn wieder, um mir zu befehlen, mitzukommen. Wolfe dachte wahrscheinlich, daß er bei mir einen Leberhaken gelandet hatte, aber dem war nicht so. Da man mich dem Programm fernhielt, konnte ich als Freizeitbeschäftigung ebensogut mit dem D. A. herumalbern.
Eine andere Möglichkeit, die Zeit zu verbringen, war mir eingefallen, nämlich Sally Colt zum Lunch einzuladen, aber es war nach zwei Uhr, als der District Attorney mich schließlich als hoffnungslosen Fall aufgab. Ich ging in einen Drugstore, rief Wolfe an und erklärte ihm, daß der D. A. ein hoffnungsloser Fall sei, fragte, ob er irgendwelche Anweisungen habe, und erhielt ein Nein zur Antwort. Ich rief Sally Colt an und fragte, ob ihr nach Kino zumute sei, und sie erwiderte, daß sie wohl möchte, aber nicht könnte, weil sie zu tun habe. Sie hatte zu tun. Fein. Ich hoffte ehrlich, daß sie einen Weg fand, mich vor dem elektrischen Stuhl zu retten. Ich wollte ein Sandwich und eine Milch an der Soda-Bar einnehmen, entsann mich, daß dieser Ausflug auf Spesen ging, machte mich auf und entdeckte das Restaurant, das Stanley Rogers empfohlen hatte. Dort bestellte ich eine Mahlzeit für sechs Dollar und erhielt eine Quittung. Der Kellner klärte mich auf, wo ich einen Spielsaal finden konnte. Ich begab mich dorthin, rief Wolfe an, um ihm meinen Standort zu übermitteln, setzte mich und sah eine Weile zu. Dann wurde ich von einem tatkräftigen Spieler herausgefordert, übernahm und hinderte ihn nur dadurch, mich auszurauben, daß ich mich weigerte, das Gebot bei den Höhen, die er anschlug, mitzuhalten. Schließlich entschied er, daß ich eine Zimperliese sei, und ließ mich fallen. Inzwischen ging es auf sieben Uhr zu. Die Zeit fürs Dinner nahte, aber ich hatte kei-

ne Absicht, mich dem Bewohner von Zimmer 902 aufzudrängen, deshalb erklomm ich einen Hocker, um an einem Billardtisch einem Paar gerissener Spieler zuzusehen. Es waren keine Turnierspieler, aber sie waren gut. Gerade, als der eine seinen Stock zu einem *Massé* ansetzte, rief mir der Kassierer zu, daß ich am Telefon gewünscht werde. Ich ließ mir Zeit. Soll er doch warten.

»Hallo.«

»Hallo, Mr. Goodwin?«

»Am Apparat.«

»Hier ist Sally Colt. Ich habe wirklich Ihre Einladung nur ungern ausgeschlagen, aber ich mußte.«

»Sie haben wohl keine Lust, statt einer Kinoeinladung eine Dinnereinladung daraus zu machen?«

Ich brauchte etwas Zeit, um meine Fassung wiederzugewinnen. Nur eine Person konnte ihr erzählt haben, wo ich war. Aber es war nicht ihre Schuld. »Sicher«, sagte ich. »Ich esse jeden Tag. Um welche Zeit?«

»Jetzt, ab jetzt paßt es immer. Im Hotel?«

»Nein. Es gibt einen besseren Platz, nur zwei Häuserblocks weiter. Henningers. Wollen wir uns dort in einer Viertelstunde treffen?«

»Abgemacht. Henningers?«

»Stimmt.«

»Ich bin da. Ich werde Mr. Wolfe sagen, wo wir sind, falls er uns braucht.«

»Ich rufe ihn an.«

»Nein, ich sage es ihm schon. Er steht neben mir.«

Während ich mich um Hut und Mantel kümmerte, waren meine Gefühle zu gemischt, als daß ich sie zu ordnen vermochte. Nichts dagegen, auf ein Genie Rücksicht zu nehmen, aber das ging zu weit! Neugierde! Was zum Teufel wollte er von ihr? Erleichterung! Immerhin war er aufgestanden und angezogen, falls nicht seine Einstellung zu Frauen eine Kehrtwendung gemacht hatte. Fröhlichkeit! Unter fast jeden Umständen ist es ein Vergnügen, mit einem gutaussehenden Mädchen verabredet zu sein. Erwartung! Irgendwann im Laufe der Ereignisse mochte sie es für angebracht halten, mir zu enthüllen, was mein Brötchengeber vorhatte. Das tat sie aber nicht. Es war ein sehr kurzweiliges Mahl, und ehe es zu Ende ging, hatte ich beschlossen, in meinem Urteil über weibliche Detektive eine Ausnahme einzuräumen. Aber nicht ein Sterbenswörtchen über aktuelle Geschehnisse, und natürlich würde ich sie nicht danach fragen. Wolfe hatte sie angewiesen, dem aus dem Wege zu gehen. Zwar kann ich das nicht beschwören, aber als der Nachtisch kam, waren wir recht aufgemuntert, und wenn eine Dame mir auf eine gewisse Art zulächelt, aber dem Thema, von dem sie verdammt gut weiß, daß es mir an erster Stelle am Herzen liegt, glattweg ausweicht – dann ist sie von jemandem bestochen worden. Wir beendeten gerade unseren Kaffee und erwogen, das Ganze in ein Lokal die Straße etwas hinunter, wo es ein Tanzparkett gab, zu vertagen, als der Kellner kam und mir sagte, daß ein Telefongespräch für mich da sei. Ich ging.

»Hallo?«

»Archie?«

»Ja.«

»Ist Miss Colt bei Ihnen?«

»Ja.«

»Kommen Sie aufs Zimmer und bringen Sie sie mit.«

»Ja.«

Ich kehrte an den Tisch zurück, berichtete ihr, daß wir gebraucht würden, verlangte die Rechnung, zahlte, und wir brachen auf. Der Gehsteig war an vereinzelten Stellen vereist, und sie nahm meinen Arm, was ein wenig unsportlich für einen Detektiv im Dienst erschien, aber immerhin brauchte ich sie nicht hinter mir herzuschleppen. Im Hotel, als wir im 9. Stock ausstiegen, ging sie in ihr Zimmer, Nummer 917, um abzulegen. Ich wartete auf dem Flur auf sie. Mir war aufgetragen worden, sie mitzubringen, und da das mein einziger Auftrag für den Tag gewesen war, wollte ich ihn aufs I-Tüpfelchen genau ausführen. Sie kam, und wir machten uns auf zu Zimmer 902. Ich schloß die Tür mit mei-

nem Schlüssel auf, und wir traten ein.
Der Raum war voller Leute.
»Nun«, grüßte ich herzlich, denn ich wollte mir meine Verbitterung nicht in aller Öffentlichkeit anmerken lassen. »Wieder eine Party, he?«
Wolfe flegelte sich in dem Klubsessel an der hinteren Wand herum. Der Schreibtisch war neben ihn gerückt worden, mit Papieren übersät. Dol Bonner saß, durch den Tisch getrennt, ihm gegenüber. Sie grinste. Falls Sie glauben, daß ich unfair bin und sie nicht grinste, sondern nur kein Zeichen von Elend zeigte, so haben Sie völlig recht. Wolfe nickte mir zu. »Sie lassen besser gleich die Tür offen, Archie. Mr. Groom und Mr. Hyatt werden jeden Moment kommen.«

8

Während ich Hut und Mantel forttrug, war mein erster Gedanke, daß dieser Teufelskerl offensichtlich den Versuch machte, gleich mehrere Fliegen mit einer Klappe zu schlagen – nicht nur für Groom einen Mörder zu brandmarken, sondern auch für Hyatt das Verhör zu bereinigen, soweit es dieses Grüppchen, uns eingeschlossen, betraf. Ohne meine Hilfe sah es für ihn nach einem schönen Brocken Arbeit aus, aber natürlich hatte er Dol Bonner. Wie schade, dachte ich, wenn sich herausstellte, daß sie Donahues Krawatte gebunden hatte und Wolfe auf mich zurückkommen müßte.
Ich blickte in die Runde, stellte dabei fest, daß Ide und Kerr und Amsel am weitesten entfernt von Wolfe Platz genommen hatten, während vorne zwei leere Stühle für die erwarteten Besucher standen – als Schritte vom Flur her klangen und ich mich umdrehte. Groom war in Führungsposition. Offenbar hatten sie ihre Hüte und Mäntel unten gelassen.
Wolfe begrüßte sie. »Guten Abend, Gentlemen.« Er deutete mit der Hand auf die Stühle. »Nehmen Sie dort Platz, bitte.«
Sie blieben stehen. Groom sagte: »Ich habe etwas Ähnliches

erwartet. Von Ihnen. Sie sagten nicht, daß es sich um eine Versammlung handelte.«

»Nein, Sir. Ich sagte nur, daß – falls Sie kommen und Mr. Hyatt mitbringen – ich jetzt in der Lage sein würde, meiner Erklärung etwas Wesentliches und Schlagendes hinzuzufügen. Ich ziehe es vor, dabei Zeugen zu haben.« Er winkte nochmals mit der Hand. »Wollen Sie bitte Platz nehmen?«

Groom sah Hyatt an, drehte sich um, um mir einen Blick zuzuwerfen, schlängelte sich durch die Lücke zwischen Kerr und Sally Colt, hob einen der leeren Stühle auf, stellte ihn gegen die Wand und ließ sich nieder. Auf diese Weise hatte er Wolfe und Dol Bonner zur Rechten und die übrigen zur Linken und konnte nicht von hinten angefallen werden. Hyatt war nicht so wählerisch. Er machte sich nicht die Umstände, mit dem Stuhl umherzuziehen, sondern setzte sich einfach, obgleich er fünf von uns – Ide, Kerr, Amsel, Sally und mich – im Rücken hatte.

»Lassen Sie uns hören«, gab Groom Wolfe das Stichwort.

»Ja, Sir.« Wolfe rückte seinen Stuhl so, daß er ihn besser im Auge hatte. »Eine Unmenge Einzelheiten sind darin verwikkelt, aber ich will sie jetzt nicht erschöpfend behandeln. Sie erhalten sie. Zuerst die Lage der Dinge, wie sie gestern abend war. In einem unbedachten Ausmaß an Eifer hatten Sie Mr. Goodwin und mich in Haft genommen. Deshalb –«

»Ich weiß, wie die Lage war.«

»Nicht, wie ich sie sah. Deshalb mußte ich entweder hier sitzen und Däumchen drehen, Ihrem Geschick und Glück vertrauend, oder mich selber rühren. Als erster mußte ich möglichst erfahren, ob irgend jemand der andern fünf – jene, die mit Mr. Goodwin und mir in Zimmer 42 gewesen waren – irgendwelche Beziehungen zu Donahue gehabt hatte. Ich lud sie in dieses Zimmer zu einem Kriegsrat ein, und sie kamen. Sie –«

»Das weiß ich. Und heute wollten sie nicht damit herausrükken, was hier geschah. Nicht einer von ihnen. Auch Goodwin nicht. Und Sie ebenfalls nicht.«

»Ich tue es jetzt. Es geht schneller, Mr. Groom, wenn Sie

mich nicht unterbrechen. Sie waren hier beinahe vier Stunden lang, und ich brauche Ihnen nicht alles darüber zu wiederholen. Sobald ich erfuhr, daß jeder von ihnen die Leiche erkannt hatte und so auch Donahue gekannt hatte, und daß ihre Ankunftszeiten gestern in dem Gebäude keinen von ihnen ausschlossen, war die unvermeidbare Schlußfolgerung, daß einer von ihnen den Mord begangen hatte, und ich zog sie. Für ungefähr eine Stunde, während wir mit unserer Diskussion fortfuhren, hielt ich sie aufrecht, doch dann mußte ich sie aufgeben.«

Groom wollte etwas einwerfen, doch Wolfe hielt ihn mit einer Geste ab. »Wenn ich bitten darf. Vielleicht sollte ich ›aufschieben‹ anstatt ›aufgeben‹ sagen. Ich schob sie auf, weil meine Aufmerksamkeit in eine andere Richtung gelenkt wurde. Ich hatte es als interessanten Punkt vermerkt, daß sieben Personen, die mit Donahue in Verbindung mit den Abhörvorgängen zu tun gehabt hatten, allesamt an einem Tag zum Verhör geladen worden waren. Daß dies nur Zufall war, widersprach aller Wahrscheinlichkeit, und wer sagte, daß es Zufall war? Es mochte absichtlich so eingerichtet worden sein, als Vergleichsmöglichkeit für ihre Berichte, und sogar, um sie mit ihm zu konfrontieren.

Aber nein. Es stellte sich heraus, daß diese Erklärung zu dürftig war. Keiner von uns hatte Donahues Namen in seiner Erklärung an den Innenminister erwähnt. Miss Bonner und Mr. Ide und ich hatten alle berichtet, daß wir von einem Mann an der Nase herumgeführt worden waren, der bei jedem von uns nach dem gleichen Muster verfuhr, und unsere Beschreibung von ihm stimmte überein; so mochte das Erscheinen von uns dreien am selben Tag geplant sein, aber das traf nicht auf Mr. Kerr und Mr. Amsel zu. Mr. Kerr hatte lediglich berichtet, die Leitung von Arthur M. Leggett auf Leggetts Wunsch hin angezapft zu haben. Mr. Amsel berichtete nichts – das heißt, nichts, was ihn mit Miss Bonner, Mr. Ide und mir in Verbindung gebracht haben könnte. Gestern identifizierte er Donahue als einen Mann, der ihn einmal gebeten hatte, eine Leitung für ihn abzuhören, und der zurück-

gewiesen worden war, aber das hatte Amsel in der Erklärung an den Innenminister nicht erwähnt.«
»Nichts geht schneller bei Ihnen«, fiel Groom ein. »Sie alle hatten ihn gekannt. Einer von Ihnen sah ihn dort und tötete ihn.«
»Aber weshalb waren wir alle dort?« fragte Wolfe. »Daß man Miss Bonner, Mr. Ide und mich dort absichtlich zusammengebracht hatte, wäre verständlich, aber nicht Mr. Kerr und Mr. Amsel. Es gab in den Akten keinerlei Verbindung, und dennoch *waren* sie damit in Zusammenhang gebracht worden. Das war höchst bedeutungsvoll, da auch sie mit Donahue zu tun gehabt hatten. Durch Zufall allein? Ich glaubte es nicht. Möglicherweise einer von ihnen, aber sicherlich nicht beide. So wurde meine Aufmerksamkeit auf die Frage gelenkt: Wer hatte dafür gesorgt, daß wir alle am selben Tag erscheinen sollten? Und gleichzeitig auf eine andere Frage: Hatten diese fünf Männer, deren Leitung Donahue hatte anzapfen lassen wollen, irgend etwas gemeinsam? Das warf noch eine weitere Frage auf: Warum war er zu fünf verschiedenen Detektiven gegangen, um die Leitungen abhören zu lassen? War es nicht deshalb gewesen, weil die fünf Männer *wirklich* etwas gemeinsam hatten und er diese Tatsache geheimhalten wollte?«
Wolfes Blick heftete sich auf Hyatt, als ob er ihn zu einer Antwort aufforderte, aber er erhielt keine. Er wandte sich wieder an Groom. »Meine erste Frage mußte warten, da ich nicht gut Mr. Hyatt aufrufen und ihm die Schuld geben konnte. Die zweite war bald beantwortet. Ich erfuhr, daß vier der Männer, deren Leitung angezapft worden war, Mitglieder des Wohltätigkeits-Fonds-Untersuchungs-Komitees waren, und hatte Grund zu der Annahme, daß der fünfte es gleichfalls war und somit das gesamte Komitee beteiligt war. Daraufhin entschied ich, diesen Damen und Herren die Lage so darzustellen, wie ich sie sah, und um ihre Mithilfe zu bitten. Falls sich meine Vermutung als falsch herausstellte und einer von ihnen in der Tat schuldig war, wäre kein Schaden angerichtet worden; im Gegenteil, ihre Reaktion

auf meinen Vorschlag hätte einen Hinweis geben können. Ich erfuhr –«

»Was für ein Vorschlag?« wollte Groom wissen.

»Ich erzähle es gerade. Ich erfuhr, daß sie insgesamt vierzig und mehr Mitarbeiter in New York zur Verfügung hatten, und ich konnte auch noch vier bis fünf stellen. Nachdem ich ihnen die Situation beschrieben hatte, schlug ich vor, daß wir so viele Männer wie möglich – und Frauen – sofort an die Arbeit schicken sollten. Es gab drei Hauptfährten: erstens das Hotel Marbury, wo Donahue gewohnt hatte; zweitens die Herkunft, Interessen und Betätigungen von Albert Hyatt, mit der Betonung auf irgendeiner greifbaren Verbindung zu dem Wohltätigkeits-Fonds-Untersuchungs-Komitee, und drittens –«

»Sie meinen, daß Sie Hyatt des Mordes verdächtigen?«

»Ich meine, daß mir ein Verdacht gekommen war, den ich für wert befand, zu überprüfen, und meine Kollegen stimmten mir zu. Ich habe bereits die Frage gestellt: Wer hatte dafür gesorgt, daß wir alle sieben an ein und demselben Tag erschienen? Mr. Hyatt leitete das Verhör. Ein weiterer Punkt, der für gewöhnlich von Bedeutung ist und den Sie anscheinend übersehen haben, ist, daß Mr. Hyatt die letzte Person war, soweit wir wissen, die Donahue lebend sah. Noch ein Punkt war, daß Hyatt gesagt hatte, Donahue hätte behauptet, mir seinen Namen als Donahue angegeben zu haben, und ich hätte von der Ungesetzlichkeit der Anzapfstelle gewußt. Ich wußte, daß entweder Donahue gelogen hatte oder daß Hyatt log; und Donahue war tot . . .«

Wolfe hob die Schultern und ließ sie wieder fallen. »Was ich damals argwöhnte, ist nicht mehr von Bedeutung. Die dritte Nachforschungsfährte war, Beweise einer früheren Beziehung zwischen Hyatt und Donahue zu finden. Meine Kollegen telefonierten und ich selbst ebenfalls. Gegen zehn Uhr früh hatten wir – wie viele Detektive, Miss Bonner?«

»Um zehn Uhr waren es vierunddreißig. Um zwei Uhr heute nachmittag achtundvierzig. Zweiundvierzig Männer und sechs Frauen.«

Steve Amsel explodierte plötzlich. »Zu viele Detektive, Hyatt! Ziehen Sie unsere Lizenzen ein! Zu viele. Viel zu viele!«

»Halten Sie den Mund!« befahl ihm Jay Kerr. »Wolfe erzählt.«

Wolfe ignorierte sie. »Vor ein Uhr begannen Berichte bei uns einzulaufen, und das ging den ganzen Nachmittag so, bis vor einer Stunde, als wir den Leuten in New York erklärten, daß wir genug für unseren Zweck hätten. Miss Bonner und Miss Colt nahmen die meisten davon in Empfang, aber die andern halfen dabei. Die erste Untersuchungsfährte, das Hotel Marbury, lieferte kein wichtiges Ergebnis. Die zweite, Hyatts Herkunft, Interessen und Betätigungen, lieferte nichts endgültig Überzeugendes, aber vieles, das bedeutungsvoll war. Vor achtzehn Monaten begannen nachteilige Berichte über die Tätigkeit der fondsaufbringenden Organisationen in der Presse aufzutauchen, und als die Wochen vergingen, nahmen sie an Anzahl und Bedeutung zu. Vor etwas mehr als einem Jahr wurde Mr. Hyatt als Rechtsberater von einer großen fondsaufbringenden Organisation, deren beträchtliche Profite aus ihrer Tätigkeit verschiedentlich von einer bis zu drei Millionen Dollar jährlich geschätzt wurden, eingestellt. Das war ungefähr zu der Zeit, als der Gouverneur das Wohltätigkeits-Fonds-Untersuchungs-Komitee ins Leben rief; und Mr. Hyatts Klient konnte mit Recht erwarten, eine Hauptzielscheibe dieses Komitees zu werden. Es gibt einige Beweise, daß Mr. Hyatt sich zwei Mitgliedern des Komitees in der Absicht näherte, ihre Pläne herauszufinden . . .«

»Was meinen Sie mit ›einige Beweise‹?« knurrte Groom.

Wolfe tippte auf die Papiere auf dem Tisch. »Hier liegt alles und wartet auf Sie. Aber wie ich sagte, ist es nichts Endgültiges. Die Komiteemitglieder zeigten unseren Privatdetektiven gegenüber nicht allzuviel Redseligkeit, aber zweifellos werden sie bei Staatsbeamten weniger zugeknöpft sein. Ich gebe Ihnen aus unserer zweiten Untersuchungsfährte nur dieses wieder: Mr. Hyatt war außerordentlich an jenem Ko-

mitee und seinen Plänen interessiert. Das Ergebnis unserer Fährte war mehr als gewichtig, es war entscheidend, oder doch beinahe. Es war natürlich auch die vielversprechendste Richtung gewesen, und dreißig unserer Mitarbeiter waren auf diese Spur gesetzt worden. Sie wurden mit Fotos von Hyatt und Donahue aus Zeitungsausschnitten ausgerüstet, und sie fanden drei Personen, die die beiden bei zwei verschiedenen Gelegenheiten im vergangenen Frühjahr zusammen gesehen hatten – bei Zusammenkünften, die mit Recht als verstohlen bezeichnet werden konnten. Ich will Mr. Hyatt nicht den Gefallen tun, die Personen, die Gelegenheiten und die Orte zu nennen, aber diese Angaben sind hier.« Er tippte wieder auf die Papiere.
»Und Mr. Hyatt hat in meinem und in Ihrem Beisein erklärt, Donahue vor gestern früh noch niemals gesehen zu haben. Sie fragten, ob ich ihn des Mordes verdächtige. Ich tue es jetzt, ja. Es gibt natürlich Fragen, auf die ich nicht antworten kann, außer mit Vermutungen, wenn Ihnen daran gelegen ist – zum Beispiel die wichtigste: Warum sorgte er dafür, daß wir alle – er wußte natürlich, mit wem sich Donahue wegen der Abhörstellen in Verbindung gesetzt hatte – vor ihm am selben Tag erscheinen sollten? Meine Vermutung: weil das die beste Möglichkeit war, denn wir mußten alle früher oder später zum Verhör geladen werden, entweder in New York oder in Albany, und er wollte uns selbst vornehmen und nicht seinen Kollegen in New York überlassen. Uns alle am selben Tag vorzuladen, würde sicherstellen, daß wir zur Hand waren und, falls erforderlich, zurückgerufen werden konnten. Wenn die Sache glattging, hatte er womöglich beabsichtigt, uns alle vor sich zu zitieren und uns großmütig zu sagen, daß er, da unsere einzelnen Erklärungen die Vermutung bestärkten, daß wir einem Schuft auf den Leim gegangen waren, befürworten werde, daß man nicht weiter gegen uns vorging.«
Wolfe drehte eine Hand um. »Denn er nahm natürlich an, daß Donahue aus dem Weg war, außerhalb des Staates, und nicht gefunden werden konnte. Fraglos hatte er dafür ge-

sorgt. Die Situation barg keine große Gefahr für ihn. Die Tatsache, daß einer seiner Klienten die Zielscheibe eines der Untersuchungskomitees des Gouverneurs war, stand in keiner bekannten Beziehung zu den Nachforschungen, die er selbst leitete; und er war zuversichtlich, daß keine solche Verbindung entdeckt werden würde oder auch nur der Verdacht einer solchen aufkam. Wahrscheinlich war er noch nicht einmal arrogant, denn er hatte vielleicht aus den abgehörten Gesprächen die Auskunft über die Pläne und Absichten des Komitees erhalten, die er benötigte. In diesem Fall erhielt er einen vernichtenden Schlag, als er gestern morgen ans Telefon ging und man ihm sagte, daß ihn ein Mann namens Donahue wegen einer vertraulichen und dringenden Angelegenheit sprechen wollte.«

Wolfes Augen wanderten zu Hyatt und zurück zu Groom. »Falls Sie noch die Vermutung hören möchten, was zwischen Hyatt und Donahue gestern in Zimmer 38 vorfiel, so ist die wahrscheinlichste die, daß Donahue mit der Enthüllung der ganzen Geschichte drohte – entweder als Daumenschraube für eine Erpressung, oder weil Donahue erfahren hatte, daß man uns sieben zusammen herbestellt hatte, und argwöhnte, daß man ihn zum Sündenbock stempeln wollte – und das Wahrscheinlichste ist immer das Beste. Diese Frage und andere sind Ihre Sorge, Mr. Groom, nicht die unsrige. Uns ging es nur darum, Ihnen zu zeigen, daß Sie viel zu schnell mit einer falschen Vermutung bei der Hand waren. Was Mr. Goodwin und mich betrifft, so nehme ich an, daß Sie einer Klage wegen unbegründeter Haft erfolgreich entgegentreten könnten, aber ich hoffe, Sie haben gelernt, wie kindisch es ist, das Wort eines Mannes als Evangelium hinzunehmen, nur weil er ein Sonderbeauftragter des Innenministers ist. Kann man die Klage gegen uns heute abend aufheben?«

»Nein. Nicht eher, als der Gerichtshof morgen früh öffnet.« Groom stand auf, ging zum Tisch und stemmte seine Hand auf die Papiere. Er sah auf den Sonderbeauftragten. »Mr. Hyatt, möchten Sie etwas sagen?«

Hyatt war Rechtsanwalt. Er drehte mir den Rücken zu, so konnte ich sein Gesicht nicht sehen, aber ich bezweifle, daß es viel ausdrückte. »Außer«, erklärte er, »daß ich Wolfes gesamte Behauptungen und Folgerungen, die mich betreffen, bestreite und ihn dafür verantwortlich machen werde, habe ich nichts zu sagen. Hier und jetzt jedenfalls.« Er stand auf und steuerte auf die Tür zu. Groom machte keine Anstalten, ihn aufzuhalten, und das konnte auch nicht von ihm erwartet werden, zumindest nicht, bis er die Papiere durchgelesen hatte.

Steve Amsel rief ihm nach: »Zu viele Detektive, Hyatt!«

9

Gestern nachmittag saß ich mit Wolfe im Büro, und wir besprachen einen kleinen Auftrag, den wir übernommen hatten, als das Telefon läutete. Ich ging an den Apparat.

»Büro Nero Wolfe, Archie Goodwin am Apparat.«

»Hier ist Dol Bonner. Wie geht es Ihnen?«

»Besser denn je.«

»Fein. Kann ich mit Mr. Wolfe sprechen?«

»Warten Sie bitte, ich will mal hören.« Ich legte die Hand über die Muschel, drehte mich um und informierte Wolfe. Er verzog das Gesicht, zögerte und griff nach dem Zweithörer. Ich hielt meinen Hörer ans Ohr, da das meine Pflicht war, es sei denn, er entband mich davon.

»Ja, Miss Bonner? Hier Nero Wolfe.«

»Wie geht es Ihnen?«

»Gut, vielen Dank.«

»Ich bin froh, daß ich Sie erreicht habe. Natürlich haben Sie die Neuigkeit schon gehört?«

»Ich weiß nicht. Welche Neuigkeit?«

»Die Geschworenen haben heute mittag ihren Spruch gefällt. Sie befanden Hyatt des Mordes schuldig.«

»So, so. Hatte noch nichts davon gehört. Aber das war ja mit

Sicherheit zu erwarten.«
»Natürlich. Warum ich anrufe – vor einer Stunde rief mich Harland Ide an. Er hält es für ein bißchen barbarisch, das Todesurteil eines Mannes zu feiern, und ich stimme ihm zu, darum geht es also nicht, aber er schlug vor, daß wir Ihnen irgendwie unsere Verehrung zeigen sollten. Immerhin, der Innenminister hat das Ergebnis des Verhörs veröffentlicht, und wir alle werden unsere Lizenz behalten. Das wäre also ein Grund zum Feiern. Mr. Ide dachte, wir könnten ein kleines Dinner für Sie geben, nur wir sieben, und er wollte wissen, ob ich das billige, und ich sagte ja. Gerade jetzt rief er mich wieder an und sagte, daß der Plan Mr. Kerr und Mr. Amsel gefiele, und er bat mich, Ihnen den Vorschlag zu machen. An jedem Abend, der Ihnen recht ist, in der nächsten Woche – oder, was das betrifft, in irgendeiner Woche. Wir hoffen sehr, daß Sie annehmen, und natürlich auch Mr. Goodwin. Miss Colt kommt selbstverständlich auch.«
Stille. Ich beobachtete Wolfes Gesicht. Seine Lippen waren fest zusammengepreßt.
»Sind Sie noch da, Mr. Wolfe?«
»Ja. Ich nehme nur selten Einladungen zum Essen an.«
»Ich weiß. Dieses ist kein Essen, es ist ein Tribut.«
»Und es wäre roh, ihn abzuweisen. Mr. Goodwin *hält* mich für roh, aber das stimmt nicht. Ich verwöhne mich nur selbst. Ich mache einen Gegenvorschlag. Auch ich empfinde Hochachtung für die tüchtige und erfolgreiche Mitarbeit, die ich erhielt. Ich schlage vor, daß Sie, anstatt in irgendeinem Restaurant zu essen, was, wie ich annehme, beabsichtigt ist, alle zum Dinner zu mir kommen. An irgendeinem Abend in der nächsten Woche, außer Donnerstag.«
»Aber das hieße, das Ganze auf den Kopf stellen!«
»Nicht im geringsten! Ich sagte, ich fühle auch Hochachtung.«
»Nun . . . soll ich Mr. Ide fragen? Und die andern?«
»Ich wäre Ihnen sehr dankbar.«
»Also in Ordnung. Ich gebe Ihnen Bescheid.«
Und das tat sie. In weniger als einer Stunde. Alles ist für

nächsten Mittwoch abend arrangiert. Ich freue mich darauf. Es wird ein Mordsspaß, Fritz' Gesicht zu beobachten, wenn er Dol Bonner sieht, die an Wolfes rechter Seite sitzt und deren bernsteinfarbene Augen unter ihren langen dunklen Wimpern auf ihn zielen.

Was die Aufteilung der Schuld bei unserer Abhörerei betrifft, so ist das von Zeit zu Zeit immer noch ein Thema für ein Streitgespräch. Und was meine Streichung vom Programm an jenem Tag in der Stadt Albany betrifft, so bedurfte das keines Streitgesprächs. Da alle Arbeit von den 48 Detektiven in New York erledigt werden mußte, warum mich einschalten? Besonders, da ich mich als Zeitvertreib für Groom und den District Attorney nützlich machen konnte.

Inhalt

Agatha Christie

Agatha Mary Clarissa Miller, geboren am 15. September 1890 in Torquay, Devonshire, sollte nach dem Wunsch der Mutter Sängerin werden. 1914 heiratete sie Colonel Archibald Christie und arbeitete während des Krieges als Schwester in einem Lazarett. Hier entstand ihr erster Kriminalroman *Das fehlende Glied in der Kette.* Eine beträchtliche Menge Arsen war aus dem Giftschrank verschwunden – und die junge Agatha spann den Fall aus. Sie fand das unverwechselbare Christie-Krimi-Ambiente.
Gleich in ihrem ersten Werk taucht auch der belgische Detektiv mit den berühmten »kleinen grauen Zellen« auf: Hercule Poirot, der ebenso unsterblich werden sollte wie sein weibliches Pendant, die reizend altjüngferliche, jedoch scharf kombinierende Miss Marple (*Mord im Pfarrhaus*).
Im Lauf ihres Lebens schrieb die »Queen of Crime« 67 Kriminalromane, unzählige Kurzgeschichten, 7 Theaterstücke (darunter *Die Mausefalle*) und ihre Autobiographie.
1956 wurde Agatha Christie mit dem »Order of the British Empire« ausgezeichnet und damit zur »Dame Agatha«. Sie starb am 12. Januar 1976 in Wallingford bei Oxford.

Von Agatha Christie sind erschienen:

Das Agatha Christie Lesebuch
Agatha Christie's Miss Marple
Ihr Leben und ihre Abenteuer
Agatha Christie's Hercule Poirot
Sein Leben und seine Abenteuer
Alibi
Alter schützt vor Scharfsinn nicht
Auch Pünktlichkeit kann töten
Auf doppelter Spur
Der ballspielende Hund
Bertrams Hotel
Die besten Crime-Stories
Der blaue Expreß
Blausäure
Das Böse unter der Sonne
oder Rätsel um Arlena

Die Büchse der Pandora
Der Dienstagabend-Club
Ein diplomatischer Zwischenfall
Dreizehn bei Tisch
Elefanten vergessen nicht
Die ersten Arbeiten des Herkules
Das Eulenhaus
Das fahle Pferd
Fata Morgana
Das fehlende Glied in der Kette
Ein gefährlicher Gegner
Das Geheimnis der Goldmine
Das Geheimnis der Schnallenschuhe
Das Geheimnis von Sittaford
Die großen Vier
Das Haus an der Düne
Hercule Poirots größte Trümpfe
Hercule Poirot schläft nie
Hercule Poirots Weihnachten
Karibische Affaire
Die Katze im Taubenschlag
Die Kleptomanin
Das krumme Haus
Kurz vor Mitternacht
Lauter reizende alte Damen
Der letzte Joker
Die letzten Arbeiten des Herkules
Der Mann im braunen Anzug
Die Mausefalle und andere Fallen
Die Memoiren des Grafen
Mit offenen Karten
Mörderblumen
Mördergarn
Die mörderische Teerunde
Die Mörder-Maschen
Mord auf dem Golfplatz
Mord im Orientexpreß
Mord im Pfarrhaus
Mord im Spiegel oder Dummheit ist gefährlich
Mord in Mesopotamien
Mord nach Maß
Ein Mord wird angekündigt
Die Morde des Herrn ABC
Morphium
Nikotin
Poirot rechnet ab
Rächende Geister
Rotkäppchen und der böse Wolf
Ruhe unsanft
Die Schattenhand
Das Schicksal in Person
Schneewittchen-Party
Ein Schritt ins Leere
16 Uhr 50 ab Paddington
Der seltsame Mr. Quin
Sie kamen nach Bagdad
Das Sterben in Wychwood
Der Tod auf dem Nil
Tod in den Wolken
Der Tod wartet
Der Todeswirbel
Tödlicher Irrtum oder Feuerprobe der Unschuld
Die Tote in der Bibliothek
Der Unfall und andere Fälle
Der unheimliche Weg
Das unvollendete Bildnis
Die vergeßliche Mörderin
Vier Frauen und ein Mord
Vorhang
Der Wachsblumenstrauß
Wiedersehen mit Mrs. Oliver
Zehn kleine Negerlein
Zeugin der Anklage